海外小説の誘惑

心は泣いたり笑ったり

マリーズ・コンデの少女時代

マリーズ・コンデ

くぼたのぞみ＝訳

白水*u*ブックス

心は泣いたり笑ったり　目次

心は泣いたり笑ったり　マリーズ・コンデの少女時代

母へ

過去という名のもとに
知性によって私たちが取り戻すものは
過去そのものではない。
マルセル・プルースト
『サント・ブーヴに反論する』

家族の肖像

もしも私の両親が、第二次世界大戦はどうでしたかときかれたら、あんなにひどい時期はなかったとためらうことなく答えただろう。でも、それはフランスが二つに分割されたからでも、ドランシーやアウシュヴィッツの収容所のせいでも、六百万ものユダヤ人絶滅のせいでもなく、そういったいまだに贖いが続く人間性に対する犯罪のせいではなくて、延々と続いたこの七年間、彼らにとってもっとも重要なパリ行きが禁じられたからだ。父はかつての公務員、母はバリバリの現役教師だったから、ふたりして定期的に休暇をとって「本国《メトロポール》」へ子連れで旅をすることができた。彼らにとってフランスは植民地を支配する権力の本拠地などではなかった。そこは母なる国であり、パリはふたりの暮らしを照らし出す「光の都」にほかならなかった。母は大聖堂の窓ガラスやサン・ピエール市場のすばらしさを語ることばで私たちの頭をいっぱいにして、さらに、サント・シャペルやヴェルサイユ宮殿のおまけまでつける。父のほうはルーブル美術館やシガールのダンスホールがお気に入りで、ダンスホールでは独身時代に羽根をのばしたものだという。そんなわけでふたりが喜び勇んで、第二の祖国へ連れていってくれる旅の最初の寄港地、ル・アーブル行きの大型客船にふたたび乗り込んだのは、一九四六年が半分過ぎたか過ぎないころだった。

　最年少が私だ。私の誕生にまつわる話は家族の神話になっていた。父は六十三歳にして精力旺盛。母は四十三歳の誕生日を祝ったばかり。月経がこないとわかったとき、母はいよいよ更年期が始まったのかと思い、かかりつけのメラス先生のところへ駆けつけた。これまで七回の出産に立ち会ってくれた産婦人科医だ。診察を終えた医師が突然、大声で笑い出した。

「恥ずかしいったらないじゃないの」母は友人にそう語ったとか。「だから最初の数ヵ月は、妊娠した未婚女みたいな気がして、お腹が大きくなるのをひたすら隠したものよ」

「うらなりっ子《クラス・ア・ボヨ》」は老母の杖になるっていうからね、と母がいくら私を抱きしめてキスしてくれても、その話を聞くたびに、自分は望まれなかった子なんだと悲しくなった。

いまになってみれば、大戦後の陰気なパリのカルチエ・ラタンで、路上のカフェに座っている私たちはさぞかし異様な光景だっただろう。かつてドンファンの名を馳せた父は加齢のわりにはハンサムだったし、母は全身贅沢なクレオールの宝石づくめ、八人の子どもはといえば、伏し目がちの姉たちは聖遺物箱さながらに着飾り、青春まっさかりの兄たちはすでにひとりが医大一年に在学中、そして私はいいだけ甘やかされた、おませなチビだったのだから。腰の動きでトレーのバランスを取りながらあたりを蜜蜂のように飛びまわるカフェのギャルソンに、私たちはうっとりしたものだ。ミント入りのソーダ水、ディアボロ・ミントをテーブルに置きながら判で押したように彼らは言う。「フランス語がとてもお上手ですねえ！」

そんなお世辞にうんざりしている両親は眉一本動かさず、ニコリともせず、軽くうなずくだけ。ギャルソンが背を向けるや、目撃証人である私たちに向かって父がため息混じりに言う。

「でも、私たちも彼らとおなじフランス人なんだがね」

「ずっとフランス人らしいわよ」母の口調に思わず力がこもる。そして、説明の代わりにこう付け加える。「私たちのほうが教育を受けています。マナーも上品です。本もたくさん読むでしょ。ああいう人たちの場合、パリから一歩も出ない人もいるのに、私たちはモン・サシ・ミシェルにも、コート・ダジュールにも、コート・バスクにも行ったことがあるわ」

このやりとりには、まだ幼い私の心さえ十分にかき乱す悲痛な響きがあった。両親が訴えていたのはある重大な不公正のことだ。いわれもなく、役割が入れ替わってしまった。黒ベストに白いエプロンをしてチップをかき集めるギャルソンは、寛容な客より自分のほうがまさっていると考えていた。彼らがごく自然に身につけているフランス人としてのアイデンティティ、それは、どれほど身なりを整えようとも私の両親には認められないもの、あたえられないものだったのだ。私にしてみれば、自分の国では有力者グループに属し、そのことに満足し誇りをもっているふたりが、なぜ、自分にサービスする立場のギャルソンなどと張り合おうとするのか、どうにも理解できなかった。

ある日、私はことの白黒をはっきりさせようと決心した。困ったことが起きるといつも相談する兄のアレクサンドルにきいてみたのだ。この兄は「アメリカ人っぽく聞こえるように」自分で勝手にサンドリノと名乗っていた。クラスで一番のためにポケットがガールフレンドからのラブレターでパンパンにふくれるサンドリノは、私にとって太陽のような存在だった。優しい兄はまるで保護者のように私を扱った。でも私は、魅力的な女の子がそばを通り過ぎたりサッカーの試合が始まるとあっけなく忘れられてしまう、ただの妹以上の存在になりたいと思っていた。両親の振る舞いについて、この兄ならなにか知っているかもしれない。なぜ、彼ら自身のことばでいう、自分たちの足元にもおよばない人間をあんなにうらやむのか。

　私たちは第七区の静かな通りにあるアパートの一階に住んでいた。それまで住んでいたラ・ポワントとは大違い。家のなかに監禁状態だったのに、パリでは両親が好きなだけ外出を許してくれたし、よその家の子ともしょっちゅう遊ぶことができた。当時、私はこの放任主義には心底びっくりした。その意味がわかったのはずっと後になってからで、両親は、フランスなら私たちがラ・ポワントの貧しい黒人《プティ・ネグル》のようにクレオール語を話すこともないし、太鼓《グォカ》が好きになることもないと考えたのだ。あれは二階に住むブロンドの髪をした子どもたちといっしょに高鬼をして遊び、おやつにドライフルーツを食べた日のこと、パリがまだ食糧難のころだった。あたりに忍び寄る闇が、空を、パンチで無数の穴を開けたような星空に変えていった。私たちは、姉のひとりが窓から首を突き出して「子どもたち！　父さんと母さんが、もう家に帰る時間だっていってるわよ！」と叫ぶ前に帰ろうとしていた。

サンドリノが私の質問に答えるため、正面の扉に背中でもたれた。まだほほのまるみに幼さの残るサンドリノの陽気な顔が曇った。声が重たくなった。

「そんなこと、心配しなくていいよ。パパとママは疎外された者どうしなのさ」

ソガイされた？　それ、どういう意味？　そんな質問はしなかった。サンドリノが両親のことをもの笑いの種にするのはこれが初めてではなかったからだ。母が雑誌「エボニー」から切り抜いた写真をベッドの上に飾っていたことがある。そこには、わが家のように八人の子どもをもつ黒人の家族が誇らしげに写っていた。全員が医者、弁護士、エンジニア、建築家だ。つまり、両親の栄光というわけである。その写真を見てサンドリノが鼻先でせせら笑ったのだ。人生が本格的に始まる前に自分が死んでしまうことなどつゆ知らず、彼は作家になって有名になると固く心に決めていた。書いていた小説は最初のページさえ絶対に見せてくれなかったけれど、詩のほうはよく読んできかせてくれた。私にはちんぷんかんぷん、でもサンドリノによれば、詩というのは難解なものなのだとか。その夜、私は、真上で寝ている姉のテレーズを起こしてしまうのじゃないか、とはらはらしながら、ベッドのなかで何度も寝返りをうった。自分は父や母を深く愛しているからだと思うことにした。白髪混じりのふたりの髪や額の皺はたしかに好きじゃなかった。ふたりとももっと若かったらいいなあ、私の母さんも、親友のイヴリーズみたいに、教会の教理問答に付き添ってきた母親が歳の離れた姉に間違えられたりするといいのに！ そう思ったものだ。父が話のなかにラテン語のフレーズを入れたりすると、身悶えしたいほど苦しくなったのも事実だ。後になってわかったのだけれど、そのフレーズはどれも『ラルース絵入り小辞典《プチ・ラルース・イリュストレ》』からの引用だった。いわく、「語られたことばは消えてしまう《ウェルバ・ウォレント》」「書かれたことばは残る《スクリプタ・マネント》」「今日のこの日を有効に使え《カルペ・ディエム》」「家長《パテル・ファミリアス》」「機械仕掛けの神《デウス・エクス・マキナ》」。暑いのに母がはくストッキングにはとりわけ心が傷んだ。黒い肌には明るすぎる、あのツートンカラー。ふたりが心の奥に秘めている優しさを私は知っていたし、両親がいちばんすばらしい生き方と信じるものへ、私たちを導こうと努力していたことはよくわかっていた。

と同時に、兄に揺るぎなき信頼をよせていた私は、その判断を疑うことがなかった。兄の表情や声色から、私は「疎外された」という不可解な語にはどこか淋病のような、いや、前年ラ・ポワントで多くの死者を出した腸チフスのような、死亡率のもっと高い疫病にまつわる恥ずかしい響きがあるのを嗅ぎ取った。真夜中に、私はあらゆる手がかりを総動員して定義のようなものを無理矢理考え出した。疎外された者というのは、いまの自分が好きじゃなくて自分のなれない者になろうとしている人なのだ。午前二時に、眠りに落ちる寸前、戸惑いながらも、私は絶対に疎外された者なんかにはならないと心に誓った。

その結果、目が覚めたとき、私はそれまでとはまったく違う少女になっていた。お利口さんのお手本のような子どもから、口答えと理屈をこねる少女に変身したのだ。自分がなにを目指しているか、よくわかっていたわけではないけれど、両親がすすめるものには片っ端から逆らうようになった。「アイーダ」のトランペットや「ラクメ」の鈴を聴くためオペラ座に出かける夜にも、モネの「睡蓮」を見にオランジュリ美術館へ行くことにも、あるいは、一枚のドレス、一足の靴、髪につけるリボンにも、ことごとく文句をつけるようになったのである。母の美徳は辛抱強さではなかったから、容赦なくピシリと平手打ちが飛んできた。母の口から日に二十回はこんな嘆きのことばが漏れた。

「ああ、もう！　この子ったら、いったいどうしちゃったのよ！」

このフランス滞在の最後のころ、一家でリュクサンブール公園で写真を撮った。兄と姉全員が一列にならんでいる。父は口髭を生やし、折り返した衿に毛皮の裏地がのぞくオーバーコートを着ている。真珠のような歯を見せて満面に笑みを浮かべる母の、灰色のフェルト帽の下からはアーモンド形の目がのぞいている。母の両脚のあいだにはさまるようにして、やせっぽちの私が、いかにも苛々したふくれっ面をさらしている。青春時代が終わるまでさんざん続いた顔つきだ。ついに運命の女神が親不孝な子どもたちをかならずといっていいほど強打する力で、二十歳そこその私を孤児にしてしまうまで。

それからというもの、私は「疎外された」という語の意味を理解する機会をいやというほど体験した。とりわけ、サンドリノの言ったことが正しいかどうか考えるチャンスには事欠かなかった。私の両親は疎外された者なのだろうか？　間違いない、アフリカから継承されたものにまったく誇りを感じなかったのだから。ふたりはなにも知らなかった。それは紛れもない事実だ！　フランス滞在のあいだ、父は一度も、アリウーヌ・ディオップが雑誌「プレザンス・アフリケーヌ」を創刊したエコル通りに足を踏み入れることがなかった。母のように父もまた、西洋文化だけが存在価値のあるものと信じて疑わず、その文化を獲得できたことでフランスに感謝していたのである。しかし同時に、どちらも自分の肌の色のために劣等感を抱くことはなかった。自分たちがいちばん聡明で、知的で、「成功した黒人《グラン・ネグル》」という人種が達成したばかりの、進歩の生き証人だと信じていたのだ。

　それこそが「疎外された」ということではないのか？

私の誕生

父は生来の気質からして、生まれてくる子が女か男かにはまるで関心がなかった。母は女の子が欲しかった。家族にはすでに娘が三人、息子が四人いた。娘なら男女同数になる。いい歳をして肉欲の成果を人目にさらす恥ずかしさをなんとか乗り越えた母は、自分の状態にふたたび大いなる喜びを感じていた。自慢でもあった。自分の肉体はまだ萎れてもいないし、枯れてもいない。新たな生命の果実を結ぶことができるのだから。鏡の前に立って、まるくなっていくお腹、ふっくらと、一対のキジバトのように張り出してくる乳房をうっとりとながめた。みんな、母がきれいになったとお世辞を言った。ふたたび若い血がかよい、肌はつやつや、目はきらきらと輝いた。皺が魔法のように消えた。髪の毛はどんどん伸びて、鬱蒼と茂る森のよう。母はその髪をシニョンに巻いた。めったにないことに、五年前に死んだ彼女の母親が歌っていた古いクレオールの歌などハミングしながら。

真っ白になるかしら
白い鳩みたいに
灰色になるかしら
キジバトみたいに

やがて妊婦としての母の状態はみるみるわるくなった。軽い吐き気がおさまったと思ったら、烈しい嘔吐が始まった。さらに不眠症が重なり、こむらがえりも加わった。両ふくらはぎに、蟹に咬まれたような激痛が走った。妊娠四ヵ月を過ぎると疲れがひどくなり、ちょっと動くだけで汗が噴き出るようになった。力なくパラソルを手に取り、乾季の焼けつくような暑さのなかを、身体を引きずるようにしてデュブシャージュ小学校まで出かけていった。頑固に授業を続けていたのである。そのころは、出産前四ヵ月と出産後六ヵ月、あるいはその逆といった人騒がせな出産休暇なんてものはなかった。女たちは分娩が始まる前日まで立ち働いたものだ。へとへとになって学校に着くや、母は倒れ込むようにして校長室の肘掛け椅子に座った。マリ・セラニ校長は心の底では、四十を過ぎたらセックスはするもんじゃない、若いうちならいいけれど、おまけにあんな高齢の夫となんて、そう考えている人だった。けれど、そんな思いやりのない考えは心の内にしまっておいた。女友達の額から汗を拭き取り、気分をすっきりさせるために、氷水にミント入り薬用アルコールを加えた飲みものを作ってくれた。このホットな組み合わせの飲み物で母は元気を取り戻し、教室へ向かったのだ。教師を怖れる生徒たちは、これ幸いと騒いだりせずに静かに待っていた。じっとうつむき、さも熱心に取り組んでいるといったふうにせっせと作文ノートを埋めていた。

幸いなことに、いまや労苦と化した大ミサ付きの日曜日のほかにも一休みできる木曜日があった。この日は、兄や姉たちはどこかへ出払うように言われていた。母が自室のベッドに潜り込むと、ブラインドをおろしたほの暗い室内で、刺繡されたシーツの下にこんもりと肉の山ができた。扇風機が唸りをあげた。十時ころには、家事をまかされたジターヌが羽根つきダスターで家中の家具の埃を払い、絨毯を叩き、キオロロという薄いコーヒーも何杯か飲み終えていた。それから熱いお湯の入ったピッチャーを何杯も運びあげて、母の行水を手伝った。ブリキの浴槽に座った母は砲弾のようなお腹を抱え、そのてっぺんにはどっきりするほど飛び出た臍がのっかっている。メイドのジターヌが母の背中をハーブの束でこする。それから母の身体をバスタオルにくるみ、これからフライにする魚みたいにタルカンパウダーを白くまぶして、ヘムステッチをした綿の寝間着を着るのを手伝うのだ。それが終わると母はまたベッドに戻り、父が帰宅するまでうとうとする。料理人が腕によりをかけて、鶏ムネ肉、巻き貝《ランビ》のヴォローヴァン、イカの薄焼きパイ、伊勢エビの白ワイン煮といった小皿料理をこしらえても、母はその皿を押しやり、妊婦特有の不意に襲ってくる嗜好から、「魚のフリッター《アクラ・ビスケット》が食べたいわ！」と嘆いた。

料理人はがっかりすることもなく料理用のかまど《ポタジェ》へと駆け戻り、父のほうは、妻が自分の健康を甘やかしすぎることに苛立ちながらもそれを顔に出さないよう、読みかけの「ヌヴェリスト」に顔をうずめた。午後二時をまわるころ、父はそそくさと母の湿った額にキスをし、オレンジの花と阿魏《アサ・フェティダ》の臭いのこもる寝室を後にして、ほっとしながら、太陽の照りつけるなかへ出ていく。月経、妊娠、出産、更年期！　うんざりするようなもろもろのことから無縁でいられてホントによかった！　男に生まれた幸せに包まれて、ヴィクトワール広場をふんぞり返って歩いていく。人々が父に気がつき、その姿から父のことをうぬぼれの強い人だと考えた。このころ父は、べつにそれほど咎められることではないのだけれど、母が嫌がるので会わなくなっていた友人をふたたび訪ね出した。大好きなブロットやドミノ——母は低俗だと見なした——の勝ち抜き戦にまたこり出して、おびただしい本数のモンテクリスト葉巻を吸うようになった。

妊娠七ヵ月になると母の脚はパンパンに腫れてきた。ある朝目が覚めると、脚が、縦横に入り組んだ太い血管が走る二本の木の幹になったみたいで、身動きがとれない。重症のタンパク尿症である。ただちにメラス先生から絶対安静、教師は休職、厳しい減塩食の食餌療法を命じられた。それからというもの、母はもっぱら果物で栄養を摂取することになった。サポジラ、バナナ、葡萄、とりわけ、フランス産のリンゴ。それも「カデュム」石けんのポスターに出てくる赤ん坊のほっぺのようにまるくて赤いリンゴだ。父が、波止場で商いをしている友人に籠単位でまとめて注文した。料理人がそのリンゴを煮込んだり、シナモンとブラウンシュガーをまぶして焼いたり揚げ物にしたりすると、熟した果実の匂いがあっというまに家のなかに浸み出し、その頑固な匂いは一階から三階の寝室にまで達して、兄や姉の胸をむかつかせた。

毎日午後五時ころになると、親友たちが母のベッドのまわりに集った。父のように彼女たちも、気にしすぎよ、と言った。母が愚痴をこぼし出すと、それには耳を貸さずに、洗礼式、結婚式、お葬式などなど、話題をもっぱらラ・ポワントで最近起きた出来事に向けた。想像つく？　プラヴェルの建築資材店がマッチ棒みたいに燃えてしまったのよ！　焼け跡から、そこで働いていた五人の焼死体が運び出されたんだけど、そんなことはムッシュ・プラヴェルには、あの血も涙もない白人《ブラン・ペイ》には痛くもかゆくもないんだから。あの人たちって例外なくそうよね？　だから、みんなストライキの話をしてるわ。ふだんから社会的な問題にはまったく関心をもたない母が、こんなときにそんな話に興味を示すわけがない。そこで、母がいきなり身を起こす、お腹のなかで私が動いて、母に最初の一蹴りをくらわしたのだ。ワァーオ！　もしも私が男の子だったら、サッカーの一流選手になっていたかもしれない。ま、仮にということだけれど。

ついに臨月になった。あまりの巨体に母の身体はバスタブにもおさまらず、ひたすらベッドかロッキングチェアで過ごすしかなかった。生まれてくる私のために、母はカリブ人の小枝細工の籠三つ分の準備をして友達に見せびらかした。一つ目の籠にはバチスト布、絹、レースのゆったりしたブラウス類、DMCの糸で編んだクロッシェ編みのベビー靴、ベビー用ケープ、ボンネット、よだれ掛けが入っていて、すべてピンクだ。もう一つの籠はベストとオムツで、オムツはタオル地のものとふつうの木綿の三角オムツの二種類が準備された。さらに三つ目の籠には刺繍入りのシーツ類、刺し子の肌掛け、タオル類……。紙で作ったかわいい箱のなかには宝石類まであった。チェーンブレスレット――当然、まだ名前は彫られていない――聖像メダルつきの鎖のネックレス、かわいいブローチ。きわめつけは、お客がそろりそろりと爪先立って入る神聖な領域、両親の寝室脇にある旧いクローゼットをわざわざ改装した、私の部屋だ。壁には母が自慢する、手にユリの花を持つ「大天使ガブリエルの訪問」の複製画が架かり――子ども時代を通して私は壁に架かったこの絵をじっと見ることになる――ベッドサイドのテーブルからは、中国風パゴダの形の終夜灯があたりにピンクの光を投げかけていた。

ちょうどカーニヴァルの時期で、ラ・ポワントはひどく暑かった。カーニヴァルは二つあった。一つはお金をかけた派手な祭りで、山車には仮装した淑女たちがヴィクトワール広場をならんで行進する。もう一つはもっと世俗的な祭りで、こっちのほうがより重要な本物の祭りだ。日曜日になると「マス」と呼ばれる仮面をつけた集団が、いくつも下町から街の中心へとくり出すのだ。葉っぱをつけた「マス・ア・フェイ」、悪魔の仮面「マス・ア・コン」、顔を真っ黒に塗る「マス・ア・グドロン」。竹馬に乗った「モコ・ゾンビ」。ピシリと鞭が鳴る。鼓膜が破裂しそうなほど呼び子が鳴って、打ち鳴らすグォカが太陽の黄色い油壺をひっくりかえす。路という路に仮面があふれ、飛び跳ねる無数の道化たちを創り出す。それを舗道の群衆がわれ先に見ようとする。幸運な、恵まれた少数の人たちは、バルコニーに集まって人の群れにコインを投げる。この祭りのあいだサンドリノを家においておくのは不可能だ。かならず姿をくらます。探しにいったメイドが、酔っぱらったサンドリノを見つけるなんてこともあって、泥だらけになった服はジャヴェル水で洗っても汚れが落ちなかった。でも、そんなことはごくまれで、たいていは夜になると帰ってきて、唸り声ひとつあげずに父から革の鞭打ちの罰を受けていた。

マルディ・グラの朝、十時近く、母にお馴染みのあの痛みがやってきた。初期の陣痛だ。ところが、痛みはすぐに間遠くなって消えてしまった。あわただしく呼ばれてやってきたメラス先生が診断して、これは明日にならないと生まれないと断言した。母はお昼に料理人が作ったフリッターをぺろりと平らげ、お代わりまでして、父といっしょにスパークリングワインで乾杯したほどだ。ジターヌが、デュゴミエ通りでシャツの裾をひらひらさせているサンドリノをひっつかまえて家に連れ帰ったところへ、お説教するほどのエネルギーさえあった。もうすぐ神さまがあなたに妹（あるいは弟）をさずけてくれようとしているのよ、だから、その子にお手本を示して、いろいろ教えてあげなくちゃいけないの。わるい子でいるときじゃないでしょ。サンドリノは、両親がお説教をするときに見せる、いつもの胡散臭そうな顔をして聞いていた。彼は人のお手本になるつもりなど毛頭なかったし、生まれてくる赤ん坊だってどうでもよかった。それでも数時間後に、王女様のような服を着せられた私を一目見たときから私が大好きになったんだ、と断言することになった。なんでこんなにみっともなくて弱々しいんだ、と思ったのである。

午後一時、街のいたるところから、仮面の群衆がラ・ポワントへ押し寄せた。最初の太鼓が鳴って天空の柱という柱をうち震わせると、その合図を待ち構えていたように母は破水した。父も、兄や姉も、使用人たちもパニックに陥った。どうってことはないのに！

そして二時間後に私が生まれた。メラス先生がやってきて、その大きな両手をべとべとにして私を取りあげた。以来この先生は話を聞いてくれる人なら相手構わず、くり返し、私があっけなくするりと生まれたことをしゃべり続けた。

私が発した最初の恐怖の叫びが、人知れず、浮かれ騒ぐ街中に響き渡った、そう考えるのが私は好きだ。それはひとつの予兆だった、いずれ私が知ることになる、大きな笑い声の下に隠された深い深い悲しみの予兆、そう思いたいのだ。いちばん上の姉エミリアもまた七月十四日（フランス革命記念日）の花火で賑わう喧噪のさなかに生まれたのだけれど、私はひそかにそれを恨んだ。私の誕生を特別なものにしている条件を姉が盗んだ、私の目にはそう映ったのである。ひと月後に私はずいぶんと大がかりな洗礼を受けた。大家族の慣習から、兄のルネと姉のエミリアが名親になった。

幼い私がまだ母の膝の上に抱っこされていたころ、私は、自分が生まれる前の陳腐な話を細部はしょらずちくいち全部、日に十回は母から語って聞かされたものだ。日食や月食が起きたわけでも、天空の星がかち合ったわけでも、地震やサイクロンが起きたわけでもなかった。なぜ母の子宮のなかに留まっていられなかったのか、私にはどうしても理解できなかった。ナマズのようにヒレをつけ盲目のまま満ち足りて九ヵ月間ゆらゆら泳いでいた暗闇よりも、こうして自分を取り巻く世界の色や光のほうがすばらしいとは思えなかった。欲しいものはただ一つ、それは自分が出てきたところへ戻ること、そして二度と味わうことのできない——それはわかっていた——幸せをもう一度発見することだったのだ。

階級闘争

ラ・ポワントには当時まだ保育園や幼稚園はなかった。そこで小規模な私立学校が雨後の筍のようにたくさんできた。「クール・プリヴェ・モンデズィール（私立私の願望学校）」などともったいぶった名前をつける学校もあったし、「レ・バンビーノ」なんて微笑ましい名前もあった。でも、いちばん高く評価されていたのは、自分たちを上流と考える人が子どもを入れる「ヴァレリー・エ・アデライード」、ラマ姉妹が運営する学校だ。それはサン・ピエール・エ・サン・ポール大聖堂の裏手の、閑静な小路に面する二階建ての建物の一階にあって、中庭のマンゴーの木が木陰をつくり、季節を通じて子どもたちの恰好の遊び場となっていた。ラマ姉妹とは、見た目がうり二つの老婦人たちだ。色がとても黒くて、ほとんど青いといってもいいくらい。痩せてガリガリ。ふたりとも縮れた髪を念入りにまっすぐ伸ばして後ろで束ねていた。年がら年中いつも、喪に服する妻や母のように黒っぽい服を着ていた。でも近くからよく見ると、ヴァレリーには上唇の上方にカフスボタンより大きなほくろがあったし、アデライードは前歯に幸運の印、あの大きなすきまが見えて、それほど堅苦しい感じはしなかった。ときどき服にレースのカラーをつけてきたけれど、ペチコートの白い裾がちらりと見えるなんてこともよくあった。

ヴァレリーもアデライードも教育をしっかり受けた人たちだ。ふたりが共有する二階のオフィスに足を踏み入れた人は、革張りの書籍でびっしり被われた壁を見て驚嘆の思いで息を飲んだ。ヴィクトル・ユゴー全集。バルザック全集。エミール・ゾラ全集。ほかにも、どっしりとした額縁入りの、厳めしいけれどえらく立派な口髭に思わずニヤリとさせられる、亡き父親の肖像に人々は感嘆の声をあげたものだ。グアドループ初代の黒人予審判事である。私の母はどういうわけかラマ姉妹が好きではなくて、この良家の血筋が絶えてしまうといって大袈裟に嘆いた。なぜ、ヴァレリーもアデライードも、選り取りみどりの求婚者から相手を選ばなかったのだろう？ 初め、ラマ姉妹が私を「フレール・ジャック」や「サヴェ・ヴ・プランテ・デ・シュ」といった歌を教える女生徒として受け入れられないと言っている、そんな噂を母が耳にしてきた。しかるべきときはいつでも体罰を加えることが許される、という条件なら再考してもいいというのだ。母は大いに不満だった。

「体罰ですって？　私の子どもには指一本触れてほしくないわ！」

それでも、めずらしいことに父が最後に声をあげて、私の入学が決まった。最初の数年、学校は天国のようなところだった。まだ学校嫌いにもならず、牢獄みたいだと思うこともなく、無意味な規則に自分を無理に合わせるよう強いられることもなかった。

いっしょに学ぶ生徒の母親はみんな働いていて、そのことを生徒たちは誇りにしていた。母親の大半が学校教師で、少女たちはその母親のイメージを台無しにする家事労働をあからさまにバカにした。私たちには家に帰ったとき色あせた室内履きで戸口まで出迎え、キスして抱きしめてくれる母親はいなかった。ごしごし洗濯をして、真っ赤に熱したアイロンで衣類の皺を伸ばし、根菜をコトコト煮たり、夜ごとクレオールのお話「うさぎどん《ザンバ》」をしてくれる母親はいなかった。私たちは五歳でシャルル・ペローの「ラバの皮」の不運のことは全部知っていたし、七歳までに「ソフィーの冒険」のことも知った。父親たちもまたネクタイを締め、糊のきいた白い綾織りのスーツを着て朝早く家を出た。頑固にコロニアル風の帽子を被り、その下で大粒の汗をかきながら。というわけで隣近所の子どもたちは、メイドに付き添われて集団登校をしていた。当然、メイドは信頼できる人でなければならない。親の会ではクラヴィエ家のオルガはダメという意見に全員が同意。ちょっと頭がいかれているし「マス」の仲間だし、カーニヴァルになると顔を黒く塗って通りを練り歩くから、と。ロゾー家のメイドも、言い寄ってくる男だちと通りでぺちゃくちゃおしゃべりする困った癖があるからダメ。エカンヴィル家のメイドも若すぎるという理由ではずされた。

　というわけで結局、わが家の忠実なるメイド、マドンヌに白羽の矢が立った。五十歳くらいの、背の高い淡褐色の肌《シャビンヌ》の女性で、気の毒に自分の六人の子どもは、なんとか自分たちでやるんだよ、とモルヌ・ユドルに置いてきぼりにして、毎朝五時にはわが家の台所でコーヒーを淹れていた人である。マドンヌは厳しくなかった。私たちの前を歩き、ときおり手をたたいて私の注意を促した程度。私がいつもみんなから遅れて、空を仰いで太陽のまぶしさに目が眩んだり、飽きることなく想像の世界へ入り込んではぼんやりしていたからだ。ヴィクトワール広場では、私にサブリエの木の種子を集めて糸で繋いで首飾りにするのもやらせてくれた。学校までの最短距離の道を行く代わりに、いつもまわり道や寄り道をした。そんなわけで、突然その事件が起きたとき、私たちはとても悲しい思いをすることになった。

　ある朝マドンヌが、仕事に来ないという許し難い過ちをおかしたのだ。姉のひとりが朝食を準備し、もうひとりの姉が私たちを学校へ連れていかねばならなかった。その日が終わろうとするころ、もう来ないものと思っていたところへ思いがけず、彼女の息子が訪ねてきた。その子はへたくそなフランス語で、母親は病状が悪化した娘をサン・ジュール救済院へ連れていかなくちゃならなかったこと、ぜひ給料の前借りをしたいこと、それから、もう数日ひまが欲しいことなどをもぐもぐとしゃべった。私の母は素早く計算して支払うべき賃金を支払い、即座にマドンヌをクビにした。そのやり方がほかの親たちからさまざまな批判をあびた。みんな一様に思ったのは、母は間違っている、いまに始まったことじゃないけれど、あの人は血も涙もない、ということだった。それからは、姉のテレーズが私たちをラマ姉妹のところへ連れていくことになったのだと思う。そして数日後、いつものようにみんなから遅れて歩いている私は、背の高いがっしりした男の子——私にはそんなふうに見えた——と鉢合わせすることになった。その子が私だけに聞こえるような声で言った。

「ブ・コ・ロン（彼は叩きつけるような調子で、私の名前を三つの音節に区切った）、アン・ケ・チュイェ・ウ――ぶっ殺してやる！」

それから恐ろしい剣幕で、ことばだけではなく実際にやるぞという気配を漂わせながら、ずんずん私のほうへ近づいてきた。私は全速力で走って、短い列の先頭の安全地帯へ逃げた。次の朝、その子の姿はなかった。ところがなんと！　午後四時になると、またしても通りに立っていたのだ。恐くて恐くて心臓がドキドキした。奇妙なことに、彼はふつうの少年と少しも変わらなかった。ほかの少年より汚かったり、だらしなかったりということもない。半袖シャツにカーキ色のショーツ、足にはサンダル。私はびっくりするテレーズの手にしがみつくようにして家まで帰った。それから数日は姿を見かけなかった。わるい夢を見たのだと思いたかった。そうこうするうち、私が心ここにあらずで片足跳びをしながら独りでぶつぶつお話をつぶやいているところへ、またその子があらわれた。今度は脅かすだけではなかった。脇腹を突き飛ばされて私は吹っ飛んだ。大声で泣き叫ぶ私の声を聞きつけてテレーズが駆け戻ってきたとき、彼は姿を消していた。私が嘘をついてる、とテレーズは断固言い張った。いつも嘘をついていたからで、家でもみんなにそう言われていた。こんなやりとりが何週間か続いたような気がする。その少年が朝あらわれることはめったになく、午後もかならず、というわけではなかった。もう来ないと思ったとたんに、以前よりさらにドキッとするような形で私の前にあらわれたのだ。手を出してくることはほとんどなかった。少し離れたところから、ニヤッと恐い顔で笑ってとびきり卑猥な身振りをやって見せた。私は家から外へ出なければならない時間が迫ってくるだけで泣き出し、学校までの道中ずっとテレーズのスカートに必死でしがみつくありさまだ。くり返しパニックに陥る私を見かねた母が、相談のためメラス先生のところへ連れていこうとする寸前、ついに、下校時に学校のまわりを頻繁にうろつくその少年をアデライード・ラマが発見した。彼女が近づこうとすると、やましいところでもあるのか、少年は逃げていった。その話は私の話と辻褄が合う。少年は不良やごろつきには見えなかった。きっと孤児だったのだ。私のいうことをみんなが信じた。それ以来、父がみずから私を学校へ送り届けることになった。父の手が私の手首をがしっとつかむと、まるで手錠をかけられた泥棒みたいな恰好になる。父があんまり速く歩くので、私はその歩調に合わせるために走らねばならない。大股でドスドスと、自動車が鳴らすクラクションなど耳に入らないみたいに通りを横切っていく。それでも、目的は達成された。少年が恐れをなして姿を消したのだ。そして二度とあらわれなかった。

この奇妙な出来事を、だれもがこぞって説明しようとした。私をいじめたのはいったいだれか？　目的はなんだったのか？　本当はなにが欲しかったのか？　両親は彼らなりの説明をした。世界は二つの階級に分かれている。一つは、いい服を着て、いい靴をはいて、偉い人間になるために学校へ行って勉強する子どもたちのグループ。もう一つは、それをねたんで危害を加えようとする凶悪な子どもたちのグループ。最初のグループは、だから、決してのろのろ歩いてはならないし、いつでも自分の身を守らねばならない。

私はサンドリノの説明のほうがずっと気に入った。はるかに説得力があったし、小説みたいだったからだ。サンドリノは、マドンヌが家の近くを通るのを何度も見かけたという。娘がサン・ジュール救済院で死んだために喪服を着ていたとか。母親の不運と、彼女に対して私たち家族がとった理不尽な仕打ちに憤慨した息子が復讐を企てた、そして卑怯にも、家族のなかでいちばん弱い私をねらったのだ、と。

サンドリノが厳かに結論をくだした。「父親たちがすっぱい葡萄を食べたから、子どもの歯がシクシク痛んだのさ」

イヴリーズ

入学準備コースからデュブシャージュ小学校まで、いちばんの親友はイヴリーズという名の子だった。やさしくてトンボみたいにお茶目で、気まぐれなところまで私とそっくりおなじ性格、とまわりの人たちが口々に言った。私はイヴリーズという名前がうらやましかった。父親のイヴと母親のリーズの、両方の名前をくっつけたものだから。自分の名前はちっとも好きではなかった。私が生まれる直前に耐久飛行を成し遂げた——どの飛行かなんていまでも知らない——勇敢なふたりの女性飛行士からとったものなのよ、とくり返し聞かされても、そんなことには全然心を動かされなかった。イヴリーズと私が腕を組んでヴィクトワール広場を歩いていくと、ラ・ポワントの家族関係を知らない人たちは、双子なの？　ときく。似ているわけではなかったけれど、肌の色はふたりとも真っ黒でもないし赤っぽくもなく、背丈も似たり寄ったり、ひょろひょろしたところまでそっくりで、骨張った脚にごつごつの膝、服までしょっちゅうおなじようなものを着ていた。

リーズは、年齢は私の母より十歳ほど若かったけれど、母とは仲のいい友達だった。社会的に人もうらやむ似たような地位にあった。そろって小学校の教師で裕福な男性と結婚していたのだ。私の母が非の打ちどころのない配偶者に頼り切っていられたのに対して、イヴは際限のない女たらし。そのためリーズは良いメイドをひとりとして雇いつづけることができず、私の母を除くと女友達もしかりだった。リーズが自分の娘に教育を受けさせてくれる、そう信じて田舎の家族が出してよこした年若い少女を、イヴはひとり残らず孕ませた。というわけで、リーズと私の母がいっしょになると、母はもっぱら不幸な夫婦関係の悲痛な話の聴き役にまわり、それからおもむろに、どうすべきかアドバイスする。遠まわしな言い方はせずに、単刀直入、離婚して扶養料をしっかり支払わせることを母はすすめた。でもリーズはなかなか耳を貸そうとしなかった。どれほど女あさりをしようと、美男の夫を熱愛していたからだ。

イヴリーズがレ・ザビームから引っ越してアレクサンドル・イザーク通りに住むようになったときは、天にも昇るほど嬉しかった。その家がわが家のすぐ隣で、おなじくらいきれいだったからだ。白と青に塗り分けられた二階建てで、バルコニーには鉢植えのブーゲンビリア、電気も水道もある。予習や宿題を手伝ってあげるといって、私は彼女の家に入りびたった。そこに住みたいと思ったほどだ。夫婦間のごたごたで頭がいっぱいの母親は私たちのことなど眼中にない。ごくたまにしか家にいない父親のほうはものすごく面白い人で、冗談ばかり言っておおぼらを吹いては人を笑わせた。格言ばかり口にする私の父とは大違いだ。それに、なにかと理由をつけては彼女の三人の兄弟に半ズボンを下げさせ、ちっちゃなペニスを見せてもらうこともできた。触らせてくれたことさえある。

　朝、私たちはランドセルを背負って——女の子を追いかけまわすのに忙しくてそれどころではない彼女の兄さんたちの護衛つきで——新しい学校まで歩調を合わせて歩いていった。プチ・リセだ。いま思い出しても、子どもが自分たちの領分だと思える街なかをぶらぶら歩いていけたのはずいぶん幸せなことだったと思う。陽の光がクレラン（搾りたてのサトウキビジュースから作るラム酒）のように泡立ち、波止場にはマリー・ガラント行きの帆船がぎっしりと舳先をならべていた。大きなお尻をどっかりと地面に据えた物売りの女たちが、キクイモや塩つきガレット《ダニキテ》はいかが、と声をかける。サトウキビ・ジュースがブリキのカップに入れて売られている。ガンベッタ通りに開校したばかりのプチ・リセに、両親はまったくの虚栄心から、人を押しのけるように登録して私たちを入学させた。そこは楽しくなかった。まず第一に、私は教師の娘という特権を失った。おまけにとても窮屈だった。その校舎はかつてはお金持ちが住んでいた古い家で、私たちの家にそっくり。バスルームと台所が改造されて教室になっていた。狭い校庭で大声をあげて走りまわるなんてとても無理だったから、私たちはおとなしく石蹴りをした。

学校では、あらゆることがイヴリーズと私を引き離すことになった。

もちろん、クラスはいっしょだし、しょっちゅう似たような服を着てならんで座っていた。でも、すべてにおいて私が苦もなく一番になるのに、イヴリーズは見事にビリ。両親があんなふうでなければ、イヴリーズはプチ・リセの門をくぐれなかっただろう。イヴリーズは満足に読むことができず、つっかえつっかえ読むのだ。二足す二がいくつになるかさえ、答えを出すのに長いあいだ考え込んだりする。書き取りをすると間違いが五十もある。ラ・フォンテーヌの寓話ひとつ覚えられなかった。先生に黒板のところへ呼ばれると、絶望的な顔つきでぎこちなく身をよじらせて出ていくイヴリーズに、クラス中がどっと笑った。得意とするのはソルフェージュと音楽だけ。神さまがナイチンゲールのような声をくれたからだ。ピアノの教師から抜擢されて、「ホフマン物語」の舟歌を一曲ソロで歌わされたほどである。イヴリーズが勉強のできない生徒だからといって、そんなことはふたりの関係にはまったく影響しなかった。私のなかの保護本能を目覚めさせただけだ。私は彼女を守る勇猛な騎士で、彼女をバカにする者はまず私と渡り合わねばならなかった。

プチ・リセでイヴリーズを贔屓したのは私だけではなかった。穏和な性格のためか、担任のマダム・エルヌヴィルがイヴリーズを猫かわいがりしたのだ。私は言うことをきかないし態度もわるいし、サンドリノの真似をして、私より頭がいいと先生が明言する人まであらゆる人をバカにしたため、すっかり悪者扱いされていたのに対して、イヴリーズは先生のお気に入り。この先生が一度ならず、リーズの友達でもある校長に、保護下にあるこのビリの生徒を私のような悪友と付き合わせないほうがいいと忠告したのだ。そんな教師など、こっちだって金輪際、願い下げだ。ずんぐりして、肌の色が白子《アルビノ》みたい。鼻音と喉を鳴らす音をいっぺんにやるようなしゃべり方で、r音をぜんぶw音にして発音したし、母音の前にy音をすべり込ませ、o音はどれも口を大きく開けるのだ。書き取りのときなど、「un point《アン・ポワン》」を「un print《アン・プワン》」と発音した。彼女は母とまったく逆で、私が女性に対して抱いていた典型的なイメージだったのかもしれない。

イヴリーズと私の友情は揺るぎなき礎の上に築かれた堅固なものであり、一生変わらないと私はかたく信じていた。ところが、意地悪でよこしまなエルヌヴィル先生がその友情を終わらせてしまったのだ。

十二月、一年の終わりになると毎年のように、先生はいつにも増して情熱や想像力がなくなり、独創性のかけらもない課題を出した。「親友について書きなさい」

そんな課題はうんざりだった。さっさと作文をやっつけて作文ノートを提出した後、そのことはすっかり忘れていた。それから数日後、エルヌヴィル先生から戻ってきたノートの赤字は、こんなふうに始まっていた。

「マリーズ、イヴリーズのことで意地悪を書いたため、八時間の居残り勉強を命じます」

意地悪？　おまけに、先生はしゃがれ声で私の作文を読み出したのだ。「イヴリーズはきれいではありません。頭も良くありません」。生徒たちはプッと吹き出し、横目でちらちらとイヴリーズのほうを見る。あまりにあけすけで乱暴なことばに傷ついたイヴリーズは見るもあわれなようすだ。エルヌヴィル先生が続ける。私の作文はそれから、似たり寄ったりの粗忽さで、出来のわるい生徒と神童のような子どものあいだの不思議な友情について説明しようとした。本当をいうと、もしもエルヌヴィル先生が私の意地悪と決めつけて校長へ報告したりしなければ、この事件は数人の生徒がにやにや笑って、短時間イヴリーズがふくれっ面をするだけでおさまっていたかもしれない。ところが憤慨した校長から知らせを受けたイヴリーズの母親が即座に、私の母のところへ怒鳴り込んできた。いったいどんな教育をしているの？ あなたの娘は、私の娘を頭の弱い醜女《しこめ》呼ばわりしたのよ。いったいあの娘はなにさまのつもりなの？ 思いあがったクロンボの家族にはふさわしい子どもだわね。自分たちがだれよりも優れていると思い込んでるんだから。そんなことを言われたら、私の母も黙っていない。父だってそうだ。次は、イヴリーズの父親が腹を立てた。あれよあれよというまに、大人たちが騒ぎ出して、そもそもの始まりが子どものけんかだったことを忘れてしまった。その結果、母は私がイヴリーズの家に遊びに行くのを禁止してしまったのだ。

私はおとなしく従わざるをえなかったから悩みに悩んだ。子どもにとっての友情は恋愛のような烈しい感情を伴う。イヴリーズと会えなくなった私は、いつも心が歯痛のようにしくしく痛んだ。眠れなくなった。食欲も失せて、服がだぶだぶ。なにもかも面白くなかった。クリスマスに新しい玩具をもらっても、サンドリノがおどけてみせても、ルネサンス映画館でマチネを観ても、少しも気が晴れなかった。あんなに映画好きだった私が、シャーリー・テンプルの映画を観てもぜんぜん楽しくなかったのだ。頭のなかで、イヴリーズに宛てた手紙を何通も、何通も書いた。そのなかで、私は説明し、謝った。でも、なにを謝るというのだろう？　私がどんなわるいことをしたというの？　本当のことを言ったから？　イヴリーズは美人とはほど遠い。彼女の母親だってため息混じりに、イヴリーズに何度もそう言っていたじゃないの。学校の成績がよくないのは事実だし、そんなことはみんな知ってる。クリスマス休暇は永遠に続いた。そしてついに、ふたたびプチ・リセの新学期が始まった。イヴリーズと私は校庭でまたいっしょになった。おずおずと私のほうに向けられた悲しそうな目つきや笑わない口もとを見て、イヴリーズも私とおなじくらい苦しんでいたことがわかった。私はイヴリーズに近づき、チョコバーを差し出しながら哀願するような調子でささやいた。

「半分、食べる?」

イヴリーズはコックリとうなずいて、許すというしるしに手を出した。教室で私たちがいつもの席につくと、エルヌヴィル先生もさすがにふたりを引き離そうとはしなかった。今日にいたるまで、イヴリーズと私の友情は、青春の一時期をのぞき人生のあらゆるドラマを乗り越えて、いまも続いている。

歴史のレッスン

夜の七時きっかりにアデリアが給仕する夕食をすませてから、父と母はよく腕を組んで夕涼みに出かけた。家の前の通りから、中庭や庭園のあるレヴェック家の豪邸まで歩いていく。レヴェック家というのはクレオール白人の一家で、大ミサのときに、父親、母親、五人の子ども、それにマンティーヤに身を包んだ、婚期を逸した叔母さんの姿を見かけるけれど、それ以外はもっぱら閉め切ったドアとカーテンの向こうで暮らしているらしかった。そこを左へ曲がり、米国から初めてやってきたテクニカラー映画のポスターを軽蔑しきった目でながめながら、父と母はルネサンス映画館の前を通り過ぎる。一度も足を踏み入れたことがないくせにふたりはアメリカを毛嫌いしていた。そこでは英語が話されているから、そこがフランスではないからという理由で。そして、やさしい海風に吹かれながらドックをまわり、フェルディナン・ドゥ・レセップス埠頭まで行く。いつ行っても、だらりと垂れさがったアーモンドの枝に塩漬け鱈の臭いがしつこく染みついている場所だ。それからヴィクトワール広場へ戻り、「寡婦の小径」を三度ほど往復してからベンチに腰をおろす。そうやって九時半まで過ごす。その後そろって腰をあげると、またしてもぐにゃぐにゃと曲がりくねった道を通って家まで帰った。

両親はいつも私を従えて出かけた。母が熟年ともいえる年齢で私のような小さな子どもがいるのをひどく自慢に思っていたのと、私の姿が見えないと心配でたまらなかったからだ。そんな散歩はちっとも面白くなかった。兄や姉と家にいるほうがよかった。両親が背を向けるや、みんな大騒ぎを始めるのだから。兄たちは戸口で女の子とおしゃべりをする。ビギンのレコードをかけて、片っ端からクレオール語でジョークをしゃべるのだ。ちゃんと教育を受けた人間は通りでものを食べたりしないものだという理由で、散歩のあいだに、炒ったピスタチオやスカココ（ココナッツキャンディ）を買ってもらえたことは一度もない。パリから取り寄せた服を着た私が、美味しそうな食べ物を物欲しそうにながめながら物売り女の前に立ち、哀れに思って恵んでくれないものかと待っていたのである。このトリックが何度か効いて、顔をオイルランプの灯りに半分だけ照らされた物売りのおばさんが、私のほうへ品物をのっけた片手を突き出し、「ほら、あげるよ！　お嬢ちゃん！」と言ってくれた。

　両親は私のことは眼中になく、ふたりで話し込んでいた。またしても高等中学《リセ》から放校されそうなサンドリノのことで頭がいっぱいだったのだ。学校でまったく勉強をしない姉もいたし、投資のこともあった。父は目の利く投資家だった。とりわけくり返し何度も話題になるのがラ・ポワントの人たちの陰険さで、彼らは両親のことを黒人のくせに自分たちとおなじように成功したとひどく驚いているという。両親のこの妄想のおかげで、私の子ども時代は苦悩の連続だった。自分が名もないふつうの家の娘になれるなら、なにもかも投げ出してもいいと思ったほどだ。この家族の一員であることは、脅威にさらされることであり、火山のクレーターの縁に立っていることだった。ぐつぐつと煮えたぎる溶岩にいつなんどき呑み込まれるか知れないと感じていたのだ。絶えず作り話や大騒ぎをして顔には出さずにいたけれど、その感情がいつも私の心を蝕んでいた。

　両親は決まって、野外音楽堂近くのベンチに腰をおろした。そこに気に入らない人間が座っていると、母はその前にすっくと立って、いかにも苛ついたようすで片足をパタパタやったため、彼らはそそくさと立ち退いた。私は独りで、できるだけ面白く遊ぼうとした。通りの地面を区切って石蹴り遊びをしたり、小石を蹴飛ばしたり、両腕を広げて空に飛びたつ飛行機になったりした。星や三日月に向かって呼びかけた。大声で、ジェスチャーたっぷりに自分のことを物語った。ある夜のこと、私が独り遊びをしている最中に、暗闇からいきなり小さな女の子があらわれた。金髪で、みっともない服を着て、すっかり色あせた髪を背中で束ねている。その子がクレオール語で私にたずねた。

「キ・ノン・アウ――なんて名前?」

私をだれだと思ってるんだろ、と私は心の内で思った。浮浪児だと思ってるのかな? 相手にちょっとした印象をあたえたいと思って、私は自分の名前を大声で言った。でも、その子が感銘を受けたようすはまったくない。明らかに初めて聞く名字なのだ。そして相変わらず偉そうに、またしてもクレオール語でこう言う。

「あたし、アンヌ＝マリ・ドゥ・スュルヴィル。遊ぼ! でも待って、あんたと遊んでるとこ、ママに見つからないようにしなくちゃ、でないと、ぶたれるから」

その子の視線をたどっていくと、身動きもせずに座っている何人かの白人女性の背中が目に入ってきた。そろって髪を肩まで垂らしている。私にはアンヌ＝マリの態度が気に入らなかった。一瞬、まわれ右をして両親のところへ戻ろうかと思った。その反面、おなじ年頃の遊び相手を見つけたのが嬉しくて、その子が召使いにするように、私に命令するのも気にならなかった。

アンヌ＝マリがすぐに遊びの主導権を握り、その夜は最後まで彼女の気まぐれに従うことになった。私が言うことをきかない生徒になり、その子が私の髪の毛を引っ張った。それから私のドレスをめくり、お仕置きといってお尻を叩いた。私は馬になった。背中に乗ったその子が足で私の脇腹を蹴った。私は召使いになり平手打ちをくらった。その子は私に向かって罵詈雑言をさんざん浴びせた。彼女の口から、絶対に言ってはいけない「クニ・ア・マンマン・アウ」とか「トネ・ドゥソ」といった、とびきりひどい侮蔑のことばが飛び出したときは身震いした。ひどいびんたを喰らったとき、とうとう私は母のところへ逃げ帰った。恥ずかしすぎて状況を説明するどころではなかった。私は転んだふりをした。自分をひどく虐めた子が罰せられもせずに野外音楽堂のそばで自由に飛び跳ねるのを、手をこまねいて見ていたのだ。

その次の日、アンヌ＝マリがおなじ場所で待っていた。一週間以上も、彼女はかならずあらわれて、私は意気地なく虐待に耐えつづけた。危うく片目を失明しそうになったとき、さすがの私も堪忍袋の緒が切れて、その子の暴虐に待ったをかけた。

「もう、止めて！　叩かないで」

するとその子はせせら笑い、私のみぞおちに強力なパンチを思いっきり入れてきた。

「おまえはクロンボなんだから、ぶたなきゃダメなんだよ」

私には逃げるだけの力があった。

家に帰る途中、彼女の反応について必死で考えてみたけれど、どうしても理解できない。寝る時間になって、大勢いる守護天使と天国の聖人全員にお祈りをした後、私は母にきいてみた。

「どうして黒人は叩かれなくちゃいけないの？」

母はびっくりした顔で、大声で言った。

「おまえみたいに頭のいい子が、なんでまた、そんな質問をするの？」

母はそそくさと私の額に十字を切って立ちあがり、灯りを消して部屋から出ていった。

次の朝、髪を結ってもらいながら私はまたそのことを持ち出した。自分の世界にそびえる、往々にして不可思議な殿堂に分け入る鍵が、その答えのなかに隠れていそうな気がしたからだ。真実は、人々がしっかりと蓋をしてひた隠しにする壺のなかから出てくるもの。言いつのる私に辟易した母は、櫛の背中で私をトントンと叩いた。

「バカなことをいうのは止めてちょうだい。これまでパパや私を、だれかが叩くところなんて見たことがある？」

そんな言い方は嘘臭かったけれど、それでも、苛々しているようすから母が困り果てているのが伝わってきた。母はなにか隠している。お昼に私は台所にもぐり込み、アデリアにまとわりつこうとした。ところが、である。アデリアは忙しそうにソースを作りつづけ、私を見るなり、口を開く間もあたえずに叫び出したのだ。

「ここから出ていって。でないと、お母さんを呼びますよ」

引き下がるしかなかった。しばらくためらってから二階へ行き、父の書斎のドアを叩いた。ところが、母の細やかな手厚い保護に四六時中守られているのは感じていたものの、父は私にまったくといっていいほど関心がなかった。私は男の子ではない。それにも増して、父にとっては十番目の子どもにすぎない。最初の結婚でも息子がふたり生まれていたのだ。私が泣こうとぐずろうと騒ごうと、父にとっては煩わしいだけなのだ。父に向かって、私はライトモチーフのようにその質問を切り出した。

「どうして黒人は叩かれなくちゃいけないの？」

父は私の顔を見て、心ここにあらずといったようすで答えた。

「なんのことをいってる？　彼らは私たちを叩いたものだが、それはずっとむかしのことだ。行って母さんに話をきいてごらん」

その瞬間から私はその疑問を自分の胸のうちにおさめることにした。サンドリノにはきかなかった。どんな説明をするのか、耳にするのが恐ろしかったのだ。この秘密は私の過去の奥まったところに隠蔽されたのではないかと思う。辛い秘密、恥ずかしい秘密、無理に知ろうとすると差し障りの出てきそうな、おそらく、危険すぎる秘密として。自分の記憶のなかに封じ込めてしまうほうがよかったのだ。私の父や母が、私の知っているすべての人が、そうしてきたように。

それからは、もう絶対にアンヌ＝マリとは遊ばないと決心して、両親といっしょにヴィクトワール広場に戻った。ところが、どこを探しても、どの小路を探しても、彼女の姿が見あたらない。あちこち行ったり来たり、きょろきょろしながら私は探した。彼女の母親と叔母たちが座っていたベンチまで走っていったが、そこは空っぽだった。それ以後も、彼女もその家族も二度と見かけることはなかった。

いまになってみると、あの出会いは超常現象ではなかったかと思うほどだ。私の故郷の土のなかには、それほど古くて深い憎悪と決して消えない恐怖感が、いまでも埋め込まれている。そのために、アンヌ＝マリと私は自分たちがやったごっこ遊びのなかで、女主人と、長いあいだ苦しみ抜いた奴隷の化身になったのではなかったか。

そうでなければ、ふだんあんなに反抗的だった私があのとき見せた従順さを、どう説明したらいいのだろう？

マボ・ジュリ

マボ・ジュリを亡くすまで、私は死と向き合うことが一度もなかった。母はひとりっ子だったし、父もそうだ。父の実の父親は遠洋航海船の船員で、妻のお腹に赤ん坊をしこむとその妻をほったらかして、すぐにどこかへ行ってしまった。わんさといる異父兄弟、異父姉妹、叔父叔母、従兄弟姉妹、再従兄弟姉妹、それに両親の親戚といった大所帯にもまれて育った人たちは、死という顰めっ面に向き合う日をどこかで体験するものだ。でも、私の場合はそうはいかなかった。

そのためだろうか？　私が死をどこかうっとりするものと思いはじめ、ずっとそう思い込んでいたのは。アレクサンドル・イザーク通りにお葬式の行列が通りかかるたびに、バルコニーに走っていって、のろのろとカテドラルまで進む葬儀の列を飽きずにながめたものだ。花も飾りもなく、ほんの一握りの身内の人たちに付き添われて終の棲家となる場所までいくような、気の毒なお葬式は好きではなかった。私が好きだったのは、いまやいかなるものも所有できなくなった人の豪勢な葬列だ。先頭には神父を取り囲むようにして、翼みたいな白衣をまとった聖歌隊の少年の群れが、腕を大きく伸ばして十字架をうち振りながら進んでいく。その後ろに銀刺繡の布に被われた棺が続く。黒ずくめの人群れのなか、私の目を引いたのは最前列の近親者の人たちだけ。幾重にも折りたたまれた布襞の陰に隠れて姿が見えない未亡人たち、太い腕章を袖に縫いつけた男の人たち、小さなロボットさながら機械みたいに歩いていく子どもたち。思い返してみると、私は大切に思っていた人のお葬式に出たことがなかったようだ。そうやって自分が喪に服する場面を思い描いていたのだろう。あのころは、ときどき葬列に音楽隊が混じることがあった。サキソフォンを吹く人がいたり、シンバルを叩く人がいたり。こうして考えてみると、あの音楽が私のレクイエム好きの始まりだったのかもしれない。マボ・ジュリが肋膜炎と肺病を併発したとき、母は病気が感染するのを恐れた。そこで私はマボ・ジュリを一度も訪ねないまま、死の床に横たわった彼女に再会することになったのだ。

マボ・ジュリは、私を腕に抱いてヴィクトワール広場まで散歩に連れ出し、目の肥えた人たちみんなに、私の被っているチュールやレースのついた絹の帽子を褒めちぎらせたメイドである。よちよち歩きの私を助けてくれたのも、転ぶたびに抱き起こして慰めてくれたのも彼女だ。私がその助けを必要としなくなっても、母はマボ・ジュリを雇いつづけた。ほかに食べていく手段がなかった彼女は私たちの衣服を洗濯した。木曜ごとに、頭上のトレーに真っ白に洗いあげた、いい匂いの洗濯物をうずたかく積んでわが家へやってきたものだ。シャツの衿に糊がビシッときいているかどうか、やたらにうるさかった父も文句のつけようがなかった。マボ・ジュリは高齢のムラート女性で、肌の色はとても白く、薄青色の目をし、木から落ちて三日ほど地面にころがっていたパッションフルーツみたいな皺だらけのほほをしていた。レ・サント諸島のテール・ドゥ・オの生まれだったのだと思う。夫や子どもといっしょのところを見たことがなかった。彼女が私たち家族を頼ったのはたぶん、そのためだったのだろう。私がマボ・ジュリを母とおなじくらい好いていたので、母が嫉妬したのは知っている。これはひどい間違いだ。母とマボ・ジュリに対する私の感情はまったく別のものだったのだから。母は私に期待しすぎた。私はあらゆることに、あらゆるところで、のべつ幕なし自分の力を出し切り、ベストでなければならなかった。その結果、母を失望させるのではないかという不安におののきながら生きていた。いちばん恐ろしかったのは、母がよく私のことを反論の余地なく断じる「おまえは自分の人生で意味のあることをなにもできないだろうよ！」ということばを耳にすることだった。

　母は私をいつも批判した。齢の割には背が高い、とか――クラスのどの子よりも背が高かった――痩せすぎだわ、骨と皮しかないじゃない、足が大きすぎるし、お尻もぺったんこだし、両脚も曲がっている《ジャトレ》、と。ところがマボ・ジュリの目には、努力なんかしなくても私はこの世でいちばん美しくて可愛い女の子だった。ことば遣いも行動も文句のつけようがない、折り紙つきというわけである。マボ・ジュリを見るたびに私が乱暴に抱きつくため、頭に巻いたマドラス綿の布がほどけて白髪混じりの髪がこぼれた。私は彼女にキスの雨を降らせた。膝の上に飛び乗ったり、飛び降りたりした。マボ・ジュリは身体も心もまるごと私に明け渡してくれた。死ぬ数年前は、赤痢や気管支炎で高熱を出して寝たきりになり、私たち家族のために洗濯をすることができなくなった。私は、傷口に塗る軟膏のようにマボ・ジュリが恋しかった。

　母が私を呼びつけ、素っ気ない口調で、マボ・ジュリが病気をぶり返して死んだ、と言った夜のことは忘れられない。最初のうちは、悲しい気持ちがまったくしなかった。月が太陽と地球のあいだを通り過ぎて、自分を取り巻く闇が濃くなってゆくような、とても変な感じだった。失明したみたいに、私は暗闇のなかを手探りしていた。母が父に意見をきいているのが聞こえた。私の年齢でお通夜に出席させてもいいだろうか。死んだ人を見せてもいいだろうか。議論は永遠に続くかと思われた。やがてふたりは意見の一致を見た。そういう経験もこの年齢の私には必要だろう、と。私はひどく反抗的だった。いつもあらゆることにケチをつけた。でもそのときは、悲しいという気持ちがどんどん大きく強くなっていって、感情の裂け目から水煙をあげて吹き出しそうだった。結局、母が私を連れて出かけることになった。いざ出発という段になり、サンドリノが人を小馬鹿にするようないつもの調子で、私の耳にささやいた。

「気をつけろよ！　ちゃんと振る舞わないと、彼女がやってきてお前の足を引っ張るぞ」

マボ・ジュリはカレナージュ区からそれほど遠くないところに住んでいたけれど、私がそこに足を踏み入れたことは一度もなかった。そこは漁師が住む旧い地区で、当時まだ操業していたダルブスィエ工場の周囲に家が密集していた。夜も遅いのに、低い家並みが続く通りに人がひしめいていた。あっちでもこっちでも、子どもたちが走りまわっていた。物売りの女たちがありとあらゆる種類のキャンディやココナッツ菓子、サツマイモ菓子を売っていた。下着姿の男たちが家の戸口に腰かけて、サイコロやドミノをカラカラいわせながら叫んでいた。

「アン・チュユ・アウ！——ほら、そこだ！」

居酒屋で肘つき合わせるようにして酒を飲んでいる者もいた。私の目にはこういった喧噪が、恐ろしくはなかったけれどひどく不快に映った。この人たちには、マボ・ジュリが死んだことなどたいしたことではないのだろうか。ドアに黒い布が垂れた喪中の家に近づくと、なかから低いざわめきが聞こえてきた。マボ・ジュリの家は小さかった。一部屋をカーテンで二つに仕切ったものだ。寝室に使われた半分が、たくさん灯されたロウソクのせいで昼間のように明るかった。おまけにひどい暑さだ。花に埋もれた死の床は、集まっている隣近所の人たちの影に隠れて見えなかったが、母の姿を見るなりみんなサッと道を開けた。するとマボ・ジュリが見えた。いちばんきれいな晴れ着を着て、左右のこめかみのところでまるくまとめられた髪が黒いマドラス綿で包んであった。私にはもう彼女がわからなかった。マボ・ジュリはもっと大きかった。がっしりして。まったくの別人がマボ・ジュリと入れ替わっていた。もう笑ってもくれない。急にひどく冷たく、意地悪になってしまった。母が私に命令する。

「キスをなさい！」

「キス？　この人に？」

私は後ずさりそうになった。その瞬間、サンドリノの警告を思い出した。なんとか言われた通りにした。以前あれほど頻繁にキスしていたほほに口を押しつけると、なんとそれは、私が知っていた柔らかくて湿った感触ではなくて、固くて冷たい、冷たいのだ。たとえるものがないほどの冷たさだ。氷の冷たさではない。石のような、墓石のような、そんな冷たさだった。いろんな感情が私のなかで入り乱れていた。悲しみ、恐怖、恥ずかしさ。かつて自分が愛し、いま突然見知らぬ人になってしまった人を怖がった恥ずかしさだ。私は思わずしゃくりあげ、泣き出してしまった。それは母が嫌がることだった。私には王家の子どものように、人前では感情を見せないようにしてほしかったのだ。苛々した母が私を揺さぶった。

「ほら、しっかりなさい！」

私はすすりあげた。一、二時間ほど亡骸のそばで過ごした。ロザリオを手に母は祈った。花の香りのなかに死体の腐臭がした。それからやっと家に帰った。

その夜から私の悪夢が始まった。母が私の部屋のドアを閉めるとすぐに、マボ・ジュリが入ってくるのだ。私が好きだった生前の彼女ではなく、もうひとりの、見知らぬほうのマボ・ジュリが……。私のベッドに入ってきて、すぐ隣に寝ることさえあった。そこで私はテレーズの部屋で寝かされることになり、そんな大騒ぎにテレーズは苛立った。

「偉そうにいつも大人ぶって見せてるけど、ホントは臆病なだけなのよね」

ある晩、母が私を膝の上に乗せてなだめてくれなかったら、それがどうやって終わりになったか想像もつかない。母はとても上手に、私の涙が枯れるまで抱きしめてくれたのだ。

「おまえをあんなに愛してくれた人が、おまえに危害を加えるわけがないでしょ？ いまでは、おまえの守護神みたいなものなのに！」

母もたぶん、私がたったの九歳にすぎないことを思い出したのだろう。

青い眼がほしい《ザ・ブルーエスト・アイ》

わが家が建っていたアレクサンドル・イザーク通りは、ラ・ポワントでいちばんにぎやかなヴィクトワール広場より少しだけ高い位置から始まり、ごちゃごちゃと人が住みながらも手入れの行き届いた街並みで終わっていた。蓋のない溝《どぶ》やあばら家が建ちならぶヴァタブル運河地区とは大違いだ。旧家が住まいを構える端正な街並みで、財産はそれほどではなくなったけれど暮らしぶりは完璧といった人たちもちらほらいた。私が生まれる数ヵ月前に、両親はここに新居を構えた。コンデ通りの家が育ちざかりの子どもにとって狭くなったこともあったけれど、むしろ、これまでの家は自分たちの新しい地位に見合わないと考えたのだ。どういうわけか父がレジオン・ドヌール勲章をもらったばかりで、母は誇らしげに父のボタンホールすべてに赤い糸を縫いつけた。不思議に思った人が質問した——ブコロンさん、上衣についているその赤いのはなんなんですか?——母はこの話を、お腹をかかえて笑いこけながらくり返したものだ。

アレクサンドル・イザーク通りの家々は木造で、どれも似たような造りだった。それでも、一軒一軒、微妙にニュアンスが違っていて、屋根に使われた赤いトタン板の濃淡、塗り直したばかりの外装の鮮やかな色合い、バルコニーのパッと目を引く花などが、それぞれの家を際立たせていた。角の家には十二人の子どもがいるドゥリスコル一家が住んでいた。とても広いけれどほとんど手入れのされていない家で、屋根は継ぎ目だらけ、バルコニーにはブーゲンビリアもハイビスカスもなかった。両親とドゥリスコル夫妻は、出会えばいつも礼儀正しく、こんにちは、こんばんは、と挨拶しあう。でも、両家が行き来することはなかった。私の両親は内心、彼らよりも自分たちが上だと思っていたのだ。ドゥリスコル夫妻はしがない公務員で、自家用車さえもっていない。あの人たちって変よ、ほかの人たちとは違う、そんな噂もあった。おまけに彼らはムラートだ。当時のグアドループでは、まだ人種が混じり合うことはなかった。黒人は黒人とつきあい、ムラートはムラートとつきあった。クレオール白人は自分の世界で生きていたし、天の神さまはそれで満足していた。幸い、子どもたちはそんな大人の事情などおかまいなしだ。私たちはドゥリスコル一家の同年齢の子どもたちと、ムラートなんてことは関係なく、隣どうし仲良くしていた。そしてジルベールが私の初恋の人になったのである。

ジルベールはどこかか弱げな、街のアラブ少年みたいなカーリーヘアの小柄な少年で、荒っぽい兄弟たちとは好対照に内気で恥ずかしがり屋だった。

声を聞いたことはなく、私は小丘を軽やかに渡る笛の音を想像していた。教会の公教要理、復活祭の黙想会のときに六十人の子どもたちに混じって、私たちはたがいに相手の姿に気づいたのだ。それ以来、家のバルコニーから何時間も熱い眼差しを交わすことで自分の感情を相手に伝え合った。木曜日の朝はあまり集中することができなかった。バルコニーで家族が押し合いへし合いしていたからだ。ドゥリスコル家のおばあちゃんが、折り畳み椅子で老いた身体を休めるか、生まれたばかりの子どもをあやしていた。私の姉たちはせっせとテーブル用リネンに刺繍針を動かした。ドゥリスコル家の男の子たちは宿題をやっていた。でも午後になると暑すぎて、植木鉢に囲まれて過ごすのは難しくなる。みんな午睡のために家のなかに入ってブラインドをおろす。街角の小さな店も閉店だ。どの店も店じまいして、通りをうろつくのは、脱腸で膨れあがった下腹のために「バンジョー」

と呼ばれるへんてこりんな人だけになる。早々と綿のシフトドレスに着替えた母が、蚊帳のなかから苛々した調子で私を呼んでいる。

「なかに入りなさい！　いったいなにをやっているの？　カンカン照りのなかで、漂白するシーツみたいに！」

私は動かない。サングラスをかけたジルベールは、頭に古いバクアハットをのっけるか、パラソルの陰で陽をよけている。私にはそれすらない。疑われるのが心配で、ストイックに、がんがん照りつける太陽の下で大粒の汗をかきつづけている。こうして何ヵ月も日射病になる危険をおかした後、ジルベールが思い切って行動に出た。だれにも打明けなかった私ほど警戒心が強くなかったのか、彼はクラスの親友、ジュリウスに秘密を打ち明けたのだ。イヴリーズの兄弟である。つい最近も私がジュリウスのペニスをいじくりまわしていて、指のあいだで固くなったのにびっくりしたばかりだった。でも、ふたりが心の愛着を感じるふりをすることはなかった。それはただの遊びであり、身体的イニシエーションにすぎなかった。ある夕方、そのジュリウスが監視の目をかいくぐり、私に一枚の封筒をサッと渡してよこした。なかにはびっくりするような写真が入っていた。見たところ犬の写真のようだ。巨大なジャーマンシェパードが後ろ脚で座り、大きく開けた口から舌を垂らしている。よく見るとその左横に上半身裸のジルベールがいた。あんまり小さいので、まるで象のそばに立つ象使いみたい。二年か三年ほど前に撮ったものらしく、六歳にもなっていないようだ。前髪が目にかかるほど伸びて、歯の抜けた顔でニカッと笑っている。写真の裏には魔法のことばが書かれていた。「きみを愛してる」。その宝物を私は教会用具の入った小さな手籠のなかに隠した。そこは母から定期的チェックを受けない唯一の場所だったから。それから、お返しになにをあげようかと頭を悩ませた。私の家族は家族写真しか撮らなかった。パパとママのあいだにならんだ八人の子どもたち。あるいは兄と父。でなければ姉と私が母を囲んでいる。私ひとりだけの写真はない。犬といっしょなんてのも、もちろんない。自分で刺繍をしたハンカチをあげようか？　貝殻に絵を描いたのはどうかな？　ラフィアヤシの繊維を編んでベルトにしようかしら？　私は手先がからきし不器用。技術家庭では零点ばかりだ。そこで、母が私の髪につけてくれる鼈甲《べっこう》のバレットをあげることにした。

かくして、告白した愛が受け入れられたジルベールが、いつものメッセンジャーを経由して私に一通の手紙をくれることになった。一見したところ、これといって変わったところはない。厚手のきれいな青い便せんだ。インクの染みひとつない。文字もしっかりしていた。書き方練習帳に書かれていたなら、厳しい先生でも「大変きれいに書けました」と褒めそうなくらい。手紙のなかみを読みはじめた。胸がドキドキした。ところが、最初の行で私の心臓は止まった。「愛しいマリーズ、僕にとって、青い眼をしたきみは、どんな女の子よりもきれいだ」

読み間違えたのかな。青い眼だって？　この私が？　洗面所まで走っていって鏡をのぞいた。ありえない。私の眼は黒っぽい栗色だ。ほとんど黒に近い。ココア色《カカオ》でさえない。部屋にもどってベッドに腰をおろした。私はうろたえた。別人に宛てた手紙を読んだ気分。夕食のあいだもずっと、ぼんやりと押し黙っていた。いつもの私とは大違いだったから、みんなが心配した。

「いったいどうしたの、この子、熱でもあるんじゃないのかしら？」

部屋に戻って手紙を読み返した。なかみは少しも変わっていない。「愛しいマリーズ、僕にとって、青い眼をしたきみは、どんな女の子よりもきれいだ」

今度ばかりはサンドリノに相談したいとは思わなかった。吹き出すなり大笑いして、挙げ句に得意の、凝りに凝った言いまわしで講釈してくるのはわかっていた。いったいどうしちゃったんだろ？　ジルベールは私のこと、ちゃんと見たのかな？　からかいたいのかしら？　意地悪なゲームをしかけようっていうのかしら？　そのうち、ふつふつと怒りが湧いてきた。ジュリウスが返事を受け取りにきたとき、私は姉のお気に入りの恋愛小説『デリ』で見つけた、いかにも大仰なことばを書きつけた紙片を渡した。「ジルベール、私たちの仲は終わりです」

私自身がジルベールとおなじように、他人のことばを盗用するという決定的な誤りをおかしていることに、そのときはまったく気づかなかった。私のは安っぽい小説からの盗用だ。ラブレターという未知の領域へ分け入るために、彼はきっとお手本を探したのだ。そして、ああ！　ふたりしてお手本にしたのが、フランスの三流恋愛小説だったのである。それから数日、ジルベールに見つかるのが不安で、私はバルコニーには出ずに家のなかに引きこもった。彼はすぐには諦めなかった。ある午後のこと、イヴリーズの家の前でばったり顔を合わせてしまったのだ。思い切ってきいてみろよ、そうけしかける親友が付き添っている。こんなに近くまで彼のそばに寄ったことはなかった。髪にはきちんと櫛を入れ、ジャン＝マリ・ファリナのオーデコロンをスプレーしている。憂いに満ちた、大きな灰色の眼。その彼が消え入りそうな声で呟いた。

「ぼく、きみになにかしたかい？」

期待していた声ではない。すらりとした彼の体型にはおよそ似合わない、どら声。大人みたいな声。この思い出には長いことつきまとわれそうだ。返すことばも思いつかずに、あたふたとイヴリーズの家に駆け込んだ私は、彼女の肩に身を投げ出すと声をあげて泣いた。それまでの悲しいエピソードの一部始終を打ち明けながら。

失楽園

九歳か十歳のころ、母が私を「ジャネット」に入会させた。ガールスカウトの支部だ。私が十分に身体を動かしていないと考えたからで、これはあたっていた。身体はふにゃふにゃ、体育はいつもビリ。じつをいうと、家からリセ・ミシュレまで日に四回、ただただ身体をひきずって歩き、夕方になるとイヴリーズといっしょにヴィクトワール広場のベンチに腰かけて、ひたすら紙袋入りロースト・ピスタチオを食べるだけの毎日だったのだ。それ以外は昼日中から自分の部屋にこもって、ブラインドを下げてシーツにくるまり、本を読むこともあったけれど、たいていはぼんやり夢想に耽っていた。辛抱して聞いてくれる人の頭に詰め込んできた話に、さらに、およそ真実みのない話を付け加えながら。いくつか考え出した大衆娯楽小説もどきでは、登場人物が決まって途方もない冒険にまきこまれる。たとえば、私は毎日ひとりの男性とひとりの女性、そう、ムッシュ・ギアブ（悪魔）とマダム・ギアブレッス（女悪魔）と出会うことにする。　黒づくめの服を着たふたりは、掲げ持つ「魔法のランタンで両目を照らし」、ロウソクの灯りが照らし出すその顔が自分たちの七回の生について微に入り細に入り語るのだ。草原《サヴァンヌ》の杭につながれた牡牛の人生から始まって、森のなかを飛びまわるモリバトになり、それから……云々。私のこの虚言癖は母をひどく心配させた。母が私に対して、祈禱書に手を添えながら自分の守護神に許しを乞い、もう決して本当のことから逸脱したりしませんと誓うよう命じたので、私は心の底から後悔してその通りに誓った。もし誓いを守らなかったとしたら、それは、とりとめのない空想ほど楽しいことはなかったからだ。幼いころの毎日はとても重苦しいものだった。なにからなにまで事細かに決められていた。ふとした思いつきや空想が顔を出す余地はまるでなし。ご存じの通り、親戚縁戚もいなかったし、訪ねてくる人もない。母の友達がやってきても、単調な暮らしの退屈が紛れることはなかった。いつもおなじように化粧をして、帽子を被り、宝石類で着飾っているマダム・ボリコ、マダム・ルヴェール、マダム・アスドリュバル。だれひとり、母の眼鏡にかなう人はいない。あの人の笑い声は大きすぎるわ、この人は子どもたちの前であけすけに冗談を言いすぎる、あの人は怪しげな駄洒落が多すぎる、と言って。一族そろって、ということは皆無。宴会も、いつ果てるとも知れぬご馳走会も、夜を徹する集いもない。舞踏会など一度も開かれたことはなく、ダンスも音楽もなし。おまけに、私はすでに心の底で「それがなんになるの」といった感情が絶えず居座っているのを感じていて、それからというもの、なにかに憑かれたようにせわしなく動きまわって、それを隠蔽しようとしてきたのだ。

心が満たされたのは、空想の世界を紡ぎ出すときだけだった。

母の目標は達成されなかった。私がジャネットを毛嫌いし出したからだ。まず、場違いな群青色のあの制服。ネクタイにバスクベレー。それから毎週おこなわれる遠出。木曜の正餐が終わるとアデリアが小さな籠に、アニス風味のレモネード入りの水筒、三つ編みパン、板チョコ、マーブルケーキを詰めてくれた。二十人ほどの少女たちといっしょに四人組の女性指導者《シェフテンヌ》に率いられて、私はロピタル丘へ出かけていった。二列縦隊を組んで、そこへ行き着くために焼けつく太陽の下を汗だくになって半時間も歩くのだ。到着してからもタマリンドの木陰に倒れ伏して涼むことは許されなかった。すぐに走って、跳んで、目印を見つけ出して、声をはりあげ歌わねばならない。すぐに応じて私に振ってくるジャネットのメンバーは虫が好かなかったけれど、シェフテンヌは大好きだった。なかでもニシダ・レロが私のお気に入りだった。良家の出身で、胸の内に黄金の心を秘めた女性なのに、気の毒に婚期を逸していた。彼女がその後どうなったのかは知らないけれど、あの当時、可愛がってもらった子どもたちとともに、彼女の幸せを祈りたい。私は彼女の秘蔵っ子だった。彼女は私を膝の上にのせて甘やかした。覚えているのは、口髭のような濃い産毛と鷲鼻をした、とても色の黒いムラート女性である。私は、いまにも崩れて肩にかかりそうな、ゆたかなシニョンを梳かすのが大好きだった。どう考えても彼女が私同様、体育好きだったとは思えない。高跳びや幅跳び、あれほど熱心に私たちにやらせた汗びっしょりになるどの運動にしても。ただ、夫になる人があらわれるまでの時間潰しに最良の方法と考えていただけなのだ。

長い休みのあいだに何度もキャンプに行った。といっても、プチブール界隈から一歩も外へは出なかったのだから全然、遠くではなかったけれど! ベルジェット、ジュストン、カレール、モンテベロ。キャンプでは白昼夢にひたることは不可能、目が覚めて着替えをしたら最後、テントに足を踏み入れることは固く禁じられていた。絶えず動いていなければばならない。絶え間なく雑用をしていた。掃除といわれたら、箒を手にする。食器といわれたら、飯ごうとブリキのコップを洗う。料理となると、皮剝きを待つ山のような根菜だ。薪拾いでは、草原に茂ったオジギソウがくるぶしを引っ搔いた。夜は焚き火をまるく囲んで座らされ、煙で目や喉が痛くなるまで、糞面白くもない話をしゃべった。一度などその火が消えて、蚊の猛襲にさらされる始末。毎晩、私は泣きながら眠りについた。その当時グアドループには電話がなかった。だから、私がどれほどひどい目に遭っているか母に訴えて、連れ出しに来てもらうことができなかった。永遠に続くかと思える旅が終わったとき（実際どのくらい続いたのだろう？）、私はガリガリに痩せ衰えて狂暴になり、それ以後長いあいだ、母の膝から離れようとしなかったほどだ。

「ほら、もう降りて、息が詰まりそう」キス責めにされた母が、たまりかねてそう言った。

なかでも最悪の記憶は、ラ・レザルド高地にあるバルボトー丘へ行ったときのことだ。鉛色の空がいきなり裂けて雨が降り出さない日はなかったように思う。ぐっしょり濡れた草地にテントをまっすぐ立てることができず、しかたなく、ずぶ濡れの、いまにも崩れそうなものを建てるしかなかった。これが学校だって？　そのなかに閉じ込められて私たちは三目ならべをやり、薬草《ペイ》を煎じたお茶を飲みながら、「もう雄鶏はココディ・ココダとは鳴かないよ」などとばかばかしい歌を歌った。

そんな地獄の苦しみもついに終わり、家に帰るときが来た。ぼんやり者の私は、あたりに散りばめられた不吉な予兆を読み解くことができなかった。まず、ラ・レザルドを出発しようとする貸し切りバスが泥濘にはまり込んで、篠つく雨のなかにみんなで降り立ち、バスの後ろを押さねばならなかった。アルヌヴィルではそのバスが、タールのぎらつく舗装路で羽根をばたつかせて横切ろうとする雄鶏を轢きつぶし、路上に血まみれのピューレを作った。めったになくラ・ガバール橋が上がっていて、私たちは道端で延々と待たされた。ようやくラ・ポワントに着いたときはもう夜になろうとしていた。集合場所はいつもとおなじ、シェフテンヌ、ニシダの家の前だ。そこは、私たちの家のある地区より高級な住宅街で、「五番街」にあたるヴィクトワール広場の反対側に位置していた。使用人かママが――これは家のランクによって異なる――ジャネットのメンバーをそれぞれ引き取りにくる場所だ。なかには空威張りして、偉そうに気取って帰っていく少女もいたけれど、いそんなの都合のいい自慢話をでっちあげるに決まっている。あれほど口数の多い私が、いつもなにも言わずにうなだれて家に帰った。

その夜、私は一時間も舗道で待っていた。だれも迎えに来ていなかったのだ。そこでシェフテンヌのニシダが私の手を引き、彼女の兄弟に付き添われてアレクサンドル・イザーク通りまで戻った。

暗闇に大きくそびえ立つサン・ピエール・エ・サン・ポール大聖堂の前を通りかかると、またしても不吉な予兆のように、一群の蝙蝠《こうもり》が聖人の住処から飛び出してきて私たちを取り巻いた。点々と物売りの女たちのオイルランプが灯るヴィクトワール広場は、影のなかに商いのやりとりをすっぽりと隠す人たちの手中に委ねられていた。歩いていく私の心臓が葬列のようなリズムを打つ。直感がそっと耳打ちする、苦しみはいま始まったばかりだと。そしてコンデ通りの角を曲がった。

両親の家は暗闇に包まれていた。上から下まで、家は完全密封だ。大きな外扉はしっかりと閉ざされ、二重に鍵がかかっていた。隣のバルコニーから、いつも近所の人たちをスパイしているマダム・ランスイユが、ご両親ならサルセルの田舎の家に行ったわよ、と教えてくれた。いつ帰ってくるかって？　そんなことまでわからないわ。そのやりとりを聞いた私がものすごい叫び声をあげたので、ほかにも近所の人たちがバルコニーに出てきて、それが私だと知ると、もう大きいんだからそんな大騒ぎをすることはない、と言った。なかなかいい教育を受けているのね！　こんなふうに育てているところを見ると、ご両親も将来が楽しみというものよねえ。シェフテンヌのニシダは口さがないそんな連中の言うことには耳を貸さず、私をしっかり抱きしめキスしてなだめてくれた。私たちはニシダの家に戻った。ゾンビのように私は歩いた。今夜もまた母なしで寝なければならない、と思いながら。

　ふたりのメイドが、テーブルと夕食の席につくレロ家の人たちのまわりを飛びまわっていた。お金持ちの一家にしてはよく笑う人たちだ。父親は皺くちゃのムラート老人で、おおぼら吹き。母親は娘をそのまま太めにした感じ。息子たちはやたらと騒がしかった。お祖母さんは雪のように白い髪にマンティーヤを被っていた。セセおばさんは立ち振る舞いが修道女みたい。田舎者《ピタコ》のふたりの従兄弟。ひとりの従姉。私がシェフテンヌ、ニシダの隣に席をもらうと、その私の気を引こうとみんなが競い合った。明日の朝になっても両親が戻ってなかったら、うちの運転手にサルセルまで連れていかせよう、とレロ氏が約束してくれた。今晩は私の部屋で寝ましょうね、とニシダは微笑みながら言ってくれた。レロ夫人まで猫なで声で、あなたのイヤリングはすてきねえ、と言った。でも私はひと言も耳に入らなかった。みんなの優しさになんとか応えるために、思わず漏れそうな嗚咽と涙を必死でこらえた。でも塞がった喉はとても食べ物が通過する状態ではない。なにも口にできないのだ。私の皿はどの料理もまったくの手つかず。鯛のグリルも、ハヤトウリのグラタンも、スベリヒユのサラダも。そして、ひとりのメイドが私の前に、デザートのチョコレートクリーム入りラムカンを置いた。

私はチョコレートクリームに目がなかった。

苦しみはどこへやら、涙はあっというまに乾いてしまった。私はためらった。こんなときに食い意地に負けてしまうなんて、とんでもなく恥ずかしいことではないのか。それでも私はついに心を決めた。ところが、のろのろとスプーンに手をのばそうとしたそのとき、もうひとりのメイドがそのケーキをさっと持ちあげ、キッチンの奥深く運び去ってしまったのである。呆気に取られた私は、口をポカンと開け《モフワゼ》たまま座っているしかなかった。

いったいなぜだろう？　五十年あまりの歳月が経ったいまでも、味わいそこねたあの美味しそうな、やわらかいクリームが詰まってきらきらしい青い縁取りのついたラムカンのイメージが、くり返し、くり返し、心に浮かんでくるのは……。欲しかったのに手に入らなかったすべてのもののシンボルとして。

ママ、誕生日おめでとう!

母の誕生日にあたる四月二十八日は、どんなことがあっても私の記憶から消えることがない。それは毎年きちんとやってきて、聖別式のように整然と執りおこなわれる行事だった。母が二十年間教えてきたデュブシャージュ小学校では、お気に入りの生徒たちが――母には取り巻きがいた――お世辞を言い、クラスの代表として母の大好きなバラの花束を手渡した。家では昼食のときに父がプレゼントを差し出す。たいていはネックレスかブレスレットで、すでにずっしりと重い宝石箱をいっそう重くするばかり。午後四時になると中庭でアイスクリームフリーザーが耳障りな音をたてはじめる。哀れなほどの給料にもかかわらず、明るく律儀に立ち働くアデリアが、母と、派手に着飾り香水の匂いをまきちらすその友達連中にお茶を出す。どこもかしこもバラの花だらけだ。それから観客たちの前で、凝った衣裳に濃いメイクアップのわが兄姉たちが、手書きの台本で秘かに練習してきた寸劇を披露する。それが終わると父が、前日から冷やしておいたシャンパンの栓を抜く。何年ものあいだ私は、ちょこまかと動きまわってみんなにまとわりつくだけの、なんの役にも立たない存在で満足していた。ケーキ型を嘗めたがったり、アイスクリームフリーザーのハンドルをまわしたがったり。母の友達にキスするのはかたくなに拒みながら、母にはチャンスさえあればべたべたとキスをあびせた。着ていたドレスにアーモンドシロップをこぼし、飲みかけのグラスを片っ端からカラにした。家族のなかで私に対してただひとり、かなり容赦ない態度をとる姉のテレーズのことばを借りると、「いつもちやほやされたがった」ということである。成長するにつれて、そんな端役に満足できなくなった私は十歳のときに、母の注意を引きたくて、誕生日のお祝いにふさわしい特別なことをしようと思いついた。

そうだ、母のポートレートをスケッチするのがいいかもしれない。それなら、いまの私にもできそうだ。母は自分のこととなるとひと言もいわないのだから。兄弟姉妹のいない母には、ほんの数人、お正月にマンダリンオレンジを持ってきてくれるマリー・ガラント出身の従兄弟がいるだけで、母の母にしても私がオギャアと生まれる前に死んでしまったため、母はいきなり大人としてこの世にあらわれ、私の兄や姉に次々と生を授けたと考えるほうが簡単だった。

母の名前はジャンヌ・キダル。私が覚えているかぎり、とてもきれいな女性だった。サポジラのような肌と輝くような笑顔の持ち主で、背が高くて彫像のよう。いつも服を優雅に着こなしていた。明るすぎるストッキングだけはいただけなかったけれど。毎週日曜日に援助を求めてやってくる恵まれない人たちを何十人も助ける、といった慈善活動をたゆまず続けていたのに、ラ・ポワントでは人からあまり好かれていなかった。母は伝説の人として噂されていたのだ。母が口にするいつも辛辣な批判やコメントは、あっというまに人々のあいだに広まった。母がかんしゃくを起こしたり怒ったりすると、かならずそれに尾ひれがついた。失礼な態度をとった警察官の背中にパラソルの柄を叩きつけて壊した、というような話が広まったのだ。というのも、母の性格を根底で支えていたのは自尊心だったから。母は、読み書きのできない私生の女性——それがエロディおばあちゃんだ——から生まれた娘である。おばあちゃんはマリー・ガラントのラ・トレイユから賃仕事を求めてラ・ポワントへ出てきた。クラインのピアノの上に置かれた写真には、ヘッドスカーフを巻いた弱々しいムラート女性が、追放され、「はい、《ウィ・》旦那さま《ミズィエ》、はい、《ウィ・》奥さま《マダン》」と頭を下げつづける生活でさらに弱った顔をして写っていた。ということは私の母はブルジョワ家庭の台所近くで、主人の子どもたちから屈辱的な扱いを受けながら大きくなったことになる。母にしても、その母親のように台所仕事をしながら、偶然宿した最初の男の種を刈り取って生きていっても少しもおかしくない運命だった。ところが小学校に入学するや、かならずしも見る目をもたぬわけではない植民地当局が、母のずば抜けた成績の良さに目をつけた。奨学金と無利子の貸付金の力を借りて、母は最初の黒人女性教師のひとりになった。美しい娘ざかりの母はさっそく結婚相手としてくどかれるようになった。教会で白いヴェールと花冠の結婚式を挙げることも夢ではなかった。でも、母は騙されなかった。大勢の求婚者たちが、小学一年の教師である母の給料にしか興味がないことをすぐに見抜いたのだ。二十歳のときに父と出会った。父は四十三歳で、頭が早々と白くなっていた。最初の妻を亡くしたばかりで、幼いふたりの息子、アルベールとセルジュを抱えたやもめだった。それにもかかわらず、母は父との結婚を承諾した。はっきりしたことは言えないけれど、彼女の決心には愛なんてほとんど関係がなかったのではないかと私は疑っている。ジャンヌは、子連れのこのやもめを深く愛したわけではなかった。すでに関節炎を患い、分厚い鼈甲ぶちの眼鏡の奥の目もよく見えなくなっていたのだから。しかし、野心に満ち満ちたこの四十男は、母の人生を安楽なものにすると約束した。すでにコンデ通りに何階建てかの家を建て、シトロエンC４まで所有していたのだ。父は教師の職を辞めて実業の世界に入っていた。ある企業家グループといっしょに「共同貸付金庫」を創立したが、これが後々アンティール銀行に発展して、公務員を経済的に援助することになった。見たところこの結婚はごくありきたりの、幸福と不幸の混ぜ合わせのように思える。子どもが八人できた。息子が四人。娘が四人。そのうちふたりが若くして死んだため、それが母には死ぬまで癒えぬ痛手となった。お金には不自由しなかったので遠くへ旅行にも出かけた。イタリアまで行ったこともある。父は誠実な夫だった。いきなり異母兄弟や姉妹があらわれて、学校へ行くための靴代を請求することもなかった。それでも、母が父にはもったいない人だという思いが私の心から消えなかった。どれほど頻繁に「私の宝」と呼ぼうと、父は母を理解していなかったし、なんといっても、母には父をぎくりとさせるところがあった。あらゆることを断定したがるサンドリノに言わせると、母は欲求不満の、満たされない女ということになった。

「なにが期待できるんだよ?」と何度も言うのだ。「老いぼれ男に自分を売ったんだからさ。セックスだってここ何年も満足にやってないって。おまえができたのだって、事故みたいなもんさ」

派手な外見の下で母は人生を恐れていたのだと私は思う。運命という、手綱をつけない雌馬が、彼女の母親と祖母をどれほどひどい目にあわせたか。見ず知らずの男がエロディをレイプし、その十五年前にはマリー・ガラントの工場労働者がその母親をレイプした。ふたりともその「事実の証である小山」を抱え、泣きはらした目をしたまま遺棄されたのだ。エロディには自分のものがなにもなかった。あばら家ひとつ、こぎれいなドレス一枚もっていなかった。墓さえない。最後に雇われた家の地下墓所で永遠の眠りに就いているのだ。その結果、そんなレベルにまで落ちることが強迫観念のように母につきまとったのだ。とりわけ、ごくありふれた人だと思われることを恐れ、自力でいまある地位に就いたことに敬意が払われないことを恐れた。姉たちは母に脅えた。サンドリノと私だけが母に立ち向かった。母にとっては自明の理であることが、ほんの子どもだった私を荒れ狂わせた。なかでも、とりわけ私が台所でアデリアといっしょにいたがる性癖に対して、母がくり返し言ったことばに。

「おまえは自分の人生で意味のあることをなにもできないだろうよ！　頭のいい娘は台所で油を売ったりしないものよ」

それが長い歳月に、母とメイドだった祖母のあいだにパックリあいてしまった溝を母なりに嘆く方法だったことが、私には理解できなかった。ラ・ポワントの人たちは、母のことをエロディの心を踏みにじった血も涙もない娘だといってなじった。エロディを疫病患者のように、子どもたちに近づかせなかったというのだ。ヘッドスカーフが恥ずかしいといって、母親に、髪の薄くなったこめかみがまる見えになる帽子を無理に被せ、クレオール語を話すのを恥じてしゃべらせず、その卑しい身振りを恥じて来客があるたびに人前から隠した、と。

十歳のとき、フランス語で良い点を取って気を良くした私は、母の誕生日のために自分の書いた作文を読んでもいいかときいてみた。みんな賛成、いつものことだ。私はだれの助けも借りなかった。サンドリノにも相談しなかった。サンドリノは、誕生日のお祝いなんか、とさんざんけなして、寸劇の役も引き受けなかったくらいだから。なにを書きたいのか、自分でもはっきりとわかっていたわけではない。母のような性格の人間のことは書く価値がある、それに、あの複雑な性格を描写するには相当がんばらなくちゃいけない、そう思っていただけだ。ああでもない、こうでもないと長いこと考えた末に、韻律のない自由詩で書くことにした。一幕の劇のようなものにしよう。登場人物はひとりだけ。その人物が絶えず変身して、母という人間のさまざまな側面を表現する。手持ちの最後の紙幣まで恵まれない人にあげてしまうほど寛大であるかと思えば、わずか数フランの賃上げを申し出るアデリアには即座に難癖をつける。見ず知らずの人の不幸にわっと泣き出すほど感情的になるくせに、それでいて、ひどく尊大で怒りっぽい。とにかく怒りっぽいのだ。鋭い刃物のようなことばでぐさりと人を刺すことはできても、人に許しを求めることができない。私は何週間も一心不乱になって、学校の宿題も放り出して書いた。夜中に目が覚めると、窓辺にかかるブリ・チーズみたいなまるい月をながめた。朝の四時に起きた。隣の部屋でもう身支度を終えた母の注意を引かないよう気をつけながら。というのも、母は毎日欠かさず、ネックレスやイヤリング類を磔刑さながらすべてはずし、暁のミサに行っていたからだ。日々、聖体拝領が終わって席に戻り、深く頭を垂れたまま「ミサは終わり《イテ・ミサ・》です《エスト》」と告げられるまで、熱烈に祈りを呟くのだ。いったい、神さまになにをお願いしていたのだろう？

憑かれたように何週間も夢中で過ごした後、いよいよその誕生日がやってきた。朝から、私の願い通りに事が運ばないような、いやな予感に満ちていた。不運なことに、私はまわりのことが見えない依怙地な子どもだった。デュブシャージュ小学校では、母のお気に入りの生徒たちがお祝いのことばをど忘れして、口を開けたままもじもじと片足でもう一方の足を踏み、それがまるで七面鳥みたいだった、とにべもなく母は言った。昼食になり、父がプレゼントのブローチを取り出したが、それは母の好みとかけ離れていることはだれの目にも明らかだった。おまけに、あろうことか、父がクレープ・ジョーゼットのブラウスにブローチを留めようとすると、ピンが母に刺さってしまった。キッチンではアデリアがつまずいてシャンパングラスを残らず割ってしまった。寸劇はプロンプターの努力のかいもなく惨憺たる結果だ。ほとんど拍手さえしなかったことが母の不満を物語っていた。失われた家族の名誉挽回のために残されているのは、私の創作しかなかった。

ところが、書いたものが忽然と姿を消し、私はそのなかみを正確に口にすることができない。覚えているのは、古代神話からの引用を詰め込んで書いた詩だということ。あれは六年生のときに学んだテキスト『オリエントとギリシア』だ。最初の変身物語で母は、頭に毒蛇の髪の毛をいただいたゴルゴン姉妹のひとりにたとえられていた。第二の変身物語では、あまやかな美しさで最強の神々を誘惑するレダにたとえられた。私が語り出すやいなや、父、姉、母の友人たちが唖然とした顔になり、信じられないといった表情をし、サンドリノまでが驚愕の色を浮かべた。それでも美しい母の顔は表情ひとつ変わらない。いつもの肘掛け椅子に背筋をすっと伸ばして座り、首筋に押しあてた左手であごを支えるお気に入りのポーズのままだ。私のことばをしっかり聞き取ろうと集中するかのように、目はなかば閉じられていた。

真っ青なチュニックを着た私は四十五分ものあいだ、延々と、母の目の前を気取って歩きながらポーズを取った。

突然、母がじっと私を見た。母の目にきらきら光る膜が浮かんだ、と思うと、それが一気に敗れて幾筋もの涙が白粉を塗ったほほを流れ落ちた。

「おまえはそんなふうに私のことを見ていたの？」そう問いかける母には、怒っている気配はまったくない。

それから立ちあがり居間を横切り、二階の自分の部屋へ行ってしまった。私はそのときまで母が泣くところを見たことがなかった。階段から落ちて腕の骨を折ったときさえ泣かなかったのだ。私がまず感じたのは酔いしれるような、奢りにも似た感情だった。わずか十歳の末っ子のこの私が、太陽を呑み込む勢いの猛獣を征服してしまった。プエルトリコの船から雪崩をうって駆け出す牛の群れを押し止めたのだ。それから絶望感が襲ってきた。ああ、神さま、いったい私はなにをしたの？　懲りもせずにまたやってしまった。イヴリーズとのもめごとから私はなにも学んでいなかったのだ。真実を言ってはいけないのだ。絶対に。自分が愛する人には、絶対に。愛する人は輝かしい光で彩らなければ。褒めそやさなければ。実際の姿とは違った存在であると思い込ませなければダメなのだ。居間から走り出た私は階段を大股で駆けあがった。でも母の寝室のドアは閉まっていた。私は泣き叫び、両の拳でドンドン叩き、両脚で蹴とばしたが、母はドアを開けてくれなかった。

その夜、私は泣きながら眠った。

翌日、私に対する母の態度はいつもとまったく変わりがなかった。ブラシで髪をとかす手つきを荒げることもなく、四本のお下げ髪にピンクのリボンを結び、脚には輝きをつけるためにひまし油を塗ってくれた。宿題のおさらいまでしてくれた。私が母の首筋に腕をまわして、身体から涙が全部出てしまうほど泣きじゃくりながら、悪気はなかった、ごめんなさい、と言うと、母からは、よそよそしい問いが返ってきた。

「ごめんなさいって？　なぜ、ごめんなさいなの？　おまえは思ったことを言っただけでしょ」

その冷静さが、どれほど母が傷ついているかを示していた。

世界一の美人

サン・ピエール・エ・サン・ポール大聖堂でのわが家の信者席には、中央通路三十二番という番号がついていた。小さな子どもだった私はその避難所のような場所まで、目を閉じたままでも行けた。典礼部役員が職杖で地面を強く打つたびにビクリとしながら、鳴り渡るオルガンの音と、山と飾られた主祭壇のユリの芳香に導かれて、そのそばを通り抜けるのだ。信者席は狭かった。木部がワックスをかけたように光っていた。背もたれがすごく高くて、後ろで起きていることが見たければ座席の上に膝で立たねばならず、それは固く禁じられていた。

フリーメーソンの人たちとつき合っている父がいっしょに教会に来ることはなかった。家に残ってワイシャツ姿のまま、父のように、宗教なんかという友人たちをもてなし、母をいたく嘆かせた。友人と葉巻をくゆらせて、一度だけなら癖にはならん、と生のラム酒を一、二杯グィッとやっていたのだ。家から教会までは直線距離にすれば徒歩でほんの数分。ヴィクトワール広場を横切ればいい。ところが母ときたら十歩ほど進むたびに立ち止まって挨拶したり、知り合いとおしゃべりを始めるので、私たちはそれを待っていなければならなかった。いずれにしても私がその場を離れたり、はしゃいだり、左右に走ったりするのはとても無理。母に手をしっかり握られていたからだ。サンドリノはいつも陰気な顔をして列のしんがりにぶらぶらとついてきたが、自分は無神論者だと言い張っていた。教会前の広場の階段をなんとか全員そろって昇り、母と私が先頭に立って、ふたりずつ教会のなかへ入っていった。信者席に到着するとみんなで十字を切る。私は母の身振りを細かいところまでそっくり真似ようとした。それから、祈禱台の尖った角にひざまずき、数分間、頭を両手で挟んでじっとして、いつもの通り母の真似をする。それからやっと腰をおろす。ステンドグラスの大屋根みたいに明るい教会のなかで、静寂が、押し殺した咳と子どもの泣き声で破られる。それから、オルガンがひときわ大きく鳴り響き、赤い衣裳を着て香炉を左右に大きく揺らす聖歌隊の少年に囲まれて、司祭がものものしく姿をあらわす。私の兄たちは、頑固に拒んだサンドリノを除いて全員、この聖歌隊の少年を次々とやったのだと思う。神と教会、これだけは両親の意見がはっきりと分かれるテーマだった。それでも口論になったことはない。父は、地位のある女性が信心深いのは当たり前だと考えていたし、母は母で、男にあまり信仰心がないのはしかたがないと思っていたからだ。

すてきなドレスを着て大好きなオシャレができたにもかかわらず、私は教会へ行くのが好きではなかった。髪の毛をグイッと引っ張られる帽子を被り、爪先を締め付けるエナメル靴と、暑苦しい綿のハイソックスをはかねばならなかったし、なんといっても嫌だったのが、一時間以上も口をきけなかったことで、これは四六時中、話がしたい私にとっては拷問に近かった。あんまり居心地がわるいので目を閉じる、すると福音書の朗読が終わるころにはこっくりこっくり、なんてこともしょっちゅうだった。ところが、それが母の気に障って、私は腕を、酸っぱい実のなるスュルティィエの大枝のように揺さぶられた。姉たちによると、私のことではなんでも大目に見る母が、ミサのあいだの行儀となると容赦なく厳しかったという。母は「ミサは終わりです《イテ・ミサ・エスト》」という終わりのことばがあるまでは、なんとしても私を起こしておくと固く決意していたのだ。睡魔に襲われないように、私は頭のなかでこっそり歌を口ずさんだ。ところが、なんとそれが、ときおりうっかり漏れてしまう。と、すかさず母の手が伸びて、口元をピシャリと叩かれる。何度かそんなことがあって、私は、ニッチの奥に立っている石膏像の細部を思い描くことにした。頭の禿げたパドヴァの聖アントニウス、祈禱書に馬乗りになった幼子イエス。リズィユの聖女テレサはバラの蕾の冠を戴いて空を見あげている。大天使聖ミカエルは蛇を踏みつけるのにサンダルなんかはいてる——考えが足りないんじゃないの！　ぐるっと見まわし、陽光できらきら光るステンドグラスのほうへ目をやる。そこにもべつに変わったことはない。黄色、赤、青。いならぶ顔の海から両親の友人を見つけようとする。知ってる顔がいくつかあるけれど、みんな申し分なく着飾ってまじめくさった顔つきだ。私の耳の病気を治療してくれたばかりのメラス先生。薬局用広口ビンにヒキガエルを閉じ込めてる薬屋のヴィタリーズさん。成長するにつれてだんだん私は、船をひっくり返したような丸天井の下のこの大聖堂中央の身廊には、黒い顔、あるいは黒っぽい顔がひどく少ないことに気づかずにはいられなかった。とにかく目立つのだ。まるでミルクボウルに落っこちた黒い顔みたいに。歌詞の皮肉にまるで気づかず、私たちが遊びながら歌っていたはやし歌みたいに。

ミルクを飲んだ黒人女が
いうことにゃ　ああ、
ミルクボウルに顔をひたせたら
もっと白くなれるのに
フランス人みんなとおなじくらい
アイ、アイ、アイ！

見るとクレオール白人がいたるところにいた。すぐ前の信者席にも白人、後ろの席にも白人。ラ・ポワントのすべての地区からやってきていた。男、女、子ども。老人、若者、腕に抱かれた赤ん坊まで。大ミサのときほどたくさん見かけることはなかった。大聖堂は彼らのものなのだ。神さまはこの人たちの近縁なんだもの。

アンヌ＝マリ・ドゥ・スュルヴィルとの出来事があったにもかかわらず、クレオール《ブラン・》白人《ベィ》に対して私はまったく敵愾心を抱いていなかった。あの事件のことは、当時、私の記憶の奥に都合良く仕舞い込まれていたのだ。両親はゾンビや吸血スクーニャンのお話をするとき以外は、白人のことを口にしなかった。白人のクラスメートにしても、学校が終わればもうやりとりするなんてことは思い浮かばなかった。通学の途中ですれ違っても、視線を合わせないようにしていた。ある日曜日のこと、どういうわけか、私はまわりのクレオール白人を興味津々で観察しはじめたのだ。

クレオール語で彼らが「ゾレイ——赤い耳」と呼ばれているのは知っていた。それに男の人や小さな少年たちが、赤くて頑丈そうな、突き出た耳をしていることも事実だった。女の人は目立たないようカールした髪の陰にしていたし、少女たちは長い巻き毛やリボンで隠していた。にもかかわらず、彼女たちの尖った耳はおかしな恰好で、あるいは威嚇するみたいにその「被り物」の左右に突き出ていた。私の視線は、どれも判で捺したように青白く黄ばんだ顔の列を上へ下へとめぐりめぐって、堂々と隆起した鼻にぶつかり、剃刀の刃のように薄い唇のまわりをうろついた。そしてそのとき、なかば面白半分の目の探検のおかげで、私の視線はひとりの女性のところではたと止まったのだ。とても若く、黄褐色の髪に縁なしの黒い麦藁帽子をのせ、額の半分が紫色のヴェールに隠れ、ビロードのようなほほに唇はバラの蕾のよう。ベージュの亜麻布のテーラードスーツを着て、衿にはカメオを留めていた。こんなに完璧な姿はそれまで見たことがなかった。残りのミサのあいだ私は目が離せなかった。一瞬、彼女の目が私の目と合ったのだけれど、胸が痛むことに、その視線はなんの関心も示さないまますっと反れてしまった。私に気づいてさえいない。「ミサは終わりです《イテ・ミサ・エスト》」を合図に彼女は席から立ちあがり、うやうやしくひざまずいて十字を切り、ある男性の腕を取った。次の日曜日、観察する私の場所から、家族といっしょに、これまた若い夫と腕を組んでやってくる彼女が見えた。口髭を生やし、ごく平凡な顔つきの夫は、あらゆる点で、そんな宝物をもつにはふさわしくなかった。その日の彼女は白いレースの服を着ていた。縁なし帽が大きなつばつきの帽子に替わり、カメオは立派な幅広のチョーカーに替わっていた。私には比類なき気品と思えるものを漂わせながら、彼女は二十九番の信者席に腰をおろした。探偵のように私はその番号を読み取った。好奇心でいてもたってもいられなかった。家に帰ると母に、私たちの席からそれほど遠くない二十九番の信者席に座っていたクレオール白人家族はだれなの、とたずねた。母とその親友たちが一級の系譜学者であることを私は知っていた。結婚、類縁関係、そして別離にまつわる親類縁者の家系図をあやまつことなく記憶していたのだ。彼女たちの会話の大部分はその系図を些細なことまでもらさず更新することで成り立っていたから、遺産相続や財産分与といった面倒な問題では公証人に助言すらできそうだった。もちろん母は熟知していた。

「あれはランスイユ一家よ。お似合いだわ。アメリをグロス・モンターニュ工場の持ち主の息子と結婚させたばかり」

母はなにかほかのことを言いかけ、ちょっと考えてから私の質問に驚いたのか、問いただしてきた。なんでまたあの人たちに関心があるの？

「だって」夢中なって返事をする私は、すっかりのぼせあがっていた。「だって、アメリってこれまで私が見た女の人のなかでいちばんきれいなんだもの」

母の表情にまったく気づかず、さらに私は言いつのった。

「私の理想とする美人だわ！」

死んだような沈黙。母はひと言も発しなかった。居間で冗談を言っていた父を呼び、自室の窓辺で静かにおしゃべりしていた兄や姉を召集した。母は私の罪について述べた。私が理想とする美人が白人女性なんてことがあっていいのか？　私の肌と同色の人間はそういった栄誉を受ける値はないのか？　かりに私がムラート女性を、カプレッス（黒人とムラートの混血）を、あるいはクーリー（インド系）を選ぶというなら、まだしも！　母に反論するのは賢明ではないことを知っている父が、めずらしく私の肩をもった。そんなことで大騒ぎすることないじゃないか？　この子はまだ小さいんだ。母はそんな情状酌量じみた理由など、はなから認めなかった。この子にはもう自分で判断する力があります。自分のやることはわかっているんです。それから慎重にことばを選んだ説明があったけれど、それはのちの「ブラック・イズ・ビューティフル」というテーマを先取りするような内容のものだった。私は顔から火が出る思いだった。いちばん恥ずかしかったのは、いついかなるときも忠実な同盟者サンドリノがその意見に賛同しているように思えたことだ。私は自分の部屋に引っ込んだ。ある意味で、母が正しいのは私にもわかっていた。でも、私に罪があるわけではなかった。私はアメリが白人だからすばらしいと思ったわけではない。たしかに、彼女のバラ色の肌、澄んだ目、ふわふわした髪は、私があんなにすばらしいと思ったもの全体を構成する部分ではあったけれど。すべては私の理解を越えていた。

次の日曜日、私は目の隅で、アメリが信者席の入口でひざまずいて十字を切るのを見ていた。でも、彼女のほうへ顔を向けることはなかった。
彼女の美しさが私には禁じられたものであること、それはすでにわかっていたから。

禁じられたことば

ある年の暮れのこと、母が毎晩のように目をうるませ、むくんで腫れあがったまぶたをして夕食のテーブルについた。アデリアがかいがいしく皿に食べ物をよそうが、母は手もつけずにそそくさと自室へ引きこもり、室内から私たちのところまで怪我人のようなうめき声が聞こえてきた。父は席についたまま。といっても、表情を取り繕っているのはだれの目にも明らかで、スプーンで濃いスープを口に運ぶあいまに大きなため息をついた。食事の後でアデリアは、つんとくる匂いですぐわかるシミン・コントラのお茶を母のところへ運んでいき、そのまま何時間も母といっしょに過ごしていた。

アデリアを待ちながら私は焦れた。彼女といっしょでなければ、サンドリノと通りを渡ってクラヴィエ家の庭へ行き、持ち場につけなかったからだ。十二月初旬になるとすぐに、私たちは隣近所の人たちに混じって星のきらめく高い空を見あげながら、ときには真夜中まで、声をはりあげて待降節の聖歌を歌った。ドゥリスコル家のおばあちゃんまで、ベンチを持ち出してきて隅に座っていたものだ。わが家の両親がそういった集まりに加わることは一度もなかったけれど、それでも、私たちが参加するのは許してくれた。「シャンテ・ノエル」はふたりにとって、俗世間の伝統に対する唯一の譲歩だった。彼らの考えでは、たとえ聖歌のリズムがビギンやクレオール風マズルカとおなじくらい烈しくて、私たちが夢中で洗面器やソースパンの底を叩いたとしても、ことばはきちんと作法にかなっているということだった。正しいフランス語、正真正銘のフランス語である、と。いまでも私は大好きなあの聖歌「その夜ミショーは藁葺きの家で夜を徹し」をすらすらと歌えるし「隣人よ、あの騒音はいずこから?」や「来たれ、来たれ、聖なる救い主、来たれ、生命の源よ」も「ジョゼフ、わがよき忠僕よ」も歌うことができる。

母がそんな状態に陥った理由が私にはどうしてもわからなかった。父がメラス先生に往診を頼んだわけではないから病気ではない。隣人や、デュブシャージュ小学校の同僚や、街や、お店や、映画館で、だれか知らない人と仲たがいしたわけでも、けんかしたわけでもない。なにがあんなに母の心をかき乱しているのだろう? ついに、サンドリノはこっそり耳打ちしてくれた。エミリア姉さんが夫に捨てられたんだよ。離婚するんだ。

離婚？

姉のエミリアのことはよく知らなかった。彼女は何年もパリで暮らしていたから、私が姉に会ったのは家族でフランスに滞在したときだけだ。歳が二十以上も離れていたため、姉と私には話すこともあまりなかった。この最初の娘のことになると、めったに感情を顔に出さない父が途端に相好を崩した。父の秘蔵娘だったのである。ユーモアのセンスが抜群だという。頭もいいし、チャーミングだし、性格も穏やかだ、と褒めちぎることばはどれも、不満屋でみっともないと家中が認める可哀想なテレーズに対する嫌みに聞こえた。母はアルバムの写真を見せながら、エミリアが自分にうりふたつだと得意そうに言った。この娘がジョリ・テルチュリアンと結婚したんですよ、マリー・ガラント出身の、とてもお金持ちの名家の息子。ピアノの上には誇らしげに彼らの写真が飾られていた。ふたりはまだ無名の学生時代にパリで結婚した。たぶん、家族がなんだかんだと大騒ぎするのを避けたかったのだろう。彼らが子どもをひとり亡くしたことは私も知っていた。いずれにしろ、私はまったく関心がなかった。両親のほうは、テルチュリアン家と縁戚になれたことをまたとない名誉と考え、些細な口実を見つけてはその結婚のことを口にした。彼らの目には、エミリアとジョリの結婚が、いずれの家系樹も優るとも劣らない二つの名家の、跡取り同志の結びつきと映ったのである。母は心の奥底でその結婚を、自分の母親が苦難と困窮のうちに去ることになった島への報復のシンボルにしていたのではなかったか。

エミリアとジョリが結婚して間もないころ、グラン・ブールの守護聖人の祝日にあたる八月十五日、テレーズとサンドリノと私が、新たな姻戚関係ができたあかしにテルチュリアン家へと送り出された。マリー・ガラントへ行くのは初めてで、それは私にとって「デジラーダ」にほかならなかった。海峡は荒れに荒れた。ラ・ポワントと島を結ぶデルグレス号は満員だ。船は大波のてっぺんまで上昇したかと思うと、次は波底めざして何メートルも一気に落ちた。船内のいたるところで乗船客が嘔吐していた。ぬかりなく紙袋を持参する者もいて、よろめきながらそれを手すり越しに放り投げた。ねらいはしょっちゅうはずれて、袋の中身がデッキにベシャリと広がった。人混み、大揺れ、むかつく悪臭。もしもテレーズが私の口にひっきりなしにライムの輪切りを押し込んでくれなかったら、私は気を失っていただろう。死ぬほど苦しい三時間半がついに終わり、水平線に島があらわれた。波の上にいきなり姿を見せたのは白い絶壁で、そこにぽつりぽつりと、驚くべき角度で、岩にしがみつく山羊さながら小屋が建っていた。海は魔法がかかったように静かになって、デルグレス号は桟橋沿いにすんなりと係留された。テルチュリアン夫妻というのがまた、びっくり仰天。わが家の両親とは正反対だった。素朴で、にこやかで、愛想がいい。サンダルばきの奥さんは、麦わら帽子を被って紐をあごの下で結んでいる。夫のほうは巨漢、といっても温厚な人で、私を「宝石箱の真珠」と呼んで地面から抱きあげてくれたとたんに大好きになった。肩の凝らない物腰の人たちではあったけれど、ふたりは教会広場に面した、グラン・ブールでいちばんきれいな家に住み、毎朝、家の前にテルチュリアンさんの善意を乞う人たちの長い列ができた。マリー・ガラントで過ごした一週間は魔法のようだった。テルチュリアン家の子どもはそのひとり息子だけだったので、私はいいだけ甘やかされた。毎朝、テルチュリアンの奥さんが真顔で、まるでおとぎ話に出てくる王女さまにするように、なにが食べたいかときくのだ。テルチュリアンさんのほうは、両目が開いたり閉じたりするお人形を買ってくれた。こんな自由があるなんて想像したこともなかったので、ラ・ポワントの港で、ふたたび、異様なほど着飾って待っていた母の姿を目にしたときは、また監獄に入れられる脱獄囚みたいに熱い涙がこみあげてきた。それを見抜けないほど鈍い母ではなかったから、恩知らずの子どもも心をなじる声が沈んでいた。それ以来、テルチュリアン家からはたびたび、根菜類、アンゴラマメやライマメ、アデリアがケーキの香りづけに使う、サトウキビジュースから作る五十五度のラム酒のビンであふれんばかりの籠が、マリー・ガラントの住人の手で届けられることになった。

離婚する？

その語は私の耳には卑猥なことばとして響いた。つまり、唇にキスし合い、おなじ蚊帳のなかで添い寝する男と女が、それぞれ別に、まるで見知らぬ他人のように振る舞うという意味なのだから。サンドリノから、他人には言わないほうがいいと口止めされたのに、これほどの情報をたった独りで心にしまっておくことができなくて、私はイヴリーズに打ち明けてしまった。イヴリーズはイヴリーズではっきりした見解を述べた。彼女の説明によると、もしもそのふたりに子どもがあるなら、子どもたちは鶏小屋の鶏みたいに分割される。娘は母親と、息子は父親といっしょに暮らすのだと。ソロモンの裁きみたいなそんな取り決めに私は憤慨した。そして反論した。もしも息子が母親といっしょがいいといったり、娘が父親のほうがいいといったらどうするのよ？　娘と息子がふたりして、いっしょじゃないと生きていけないといったら？　イヴリーズはガンとして自分の意見を曲げようとしない。彼女にはよくわかっていたのだ。母親が父親に対して離婚するとしょっちゅう脅しをかけていたからだ。

それから数日後、母が逆上して学校から帰ってきた。母の部屋から、かんかんに怒っている声が長いあいだ私たちにも聞こえた。そうする理由がたしかに母にはあったのだ！　姉の不幸を聞きつけた同僚が、休み時間に、本当にお気の毒ねえ、と母に向かって言ったのである。尊大に身構えた母が、ピシャリと制した。どんな不幸のことをおっしゃっているの？　娘がもうすぐ離婚すること？　いいですか！　ジョリ・テルチュリアンがエミリアのもとを去るのは、アンティール諸島の男の無責任さをまたしてもおおっぴらにしただけだってことは、火を見るより明らかなんですからね。

その翌日から、近所の人たちが次から次にわが家へ押し寄せてきた。母が学校から帰宅するまもなく、訪問客がドアを叩くのだ。母はとうとう居間に客を入れて、夕食まで、隅のソファに強ばった姿勢で座っていることにした。客はたいてい、自分の子どもがエミリアのような運命をたどりそうで不安でたまらないか、あるいは、すでにそうなってしまったことを嘆く母親たちだった。ところがそれ以外にも、婚期を逸した女、相手にされなかった女、浮気された妻や騙された女、殴られた女など、心がすさみ荒れ狂い、男というものに毒気を吐きかけようと待ち構えていたありとあらゆる女たちがやってきた。母がこの大勢の訪問客に共感しているとは思えなかった。逆に、母に言わせると、その女たちは娘の不運に悲しむ母を偵察にやってきて、それを餌にして楽しもうとしているのだという。そんなわけで、夜毎くり返される来客との対応のたびに母は苦い怒りにかられた。

客足が途絶えはじめ、体裁を取り繕うためにあれこれ頭をめぐらす前に、母の心にふと疑問が湧いた。どこから漏れたのかしら？　しかるべきときまでこのことは絶対に伏せておこうと夫婦で決めたことを、いったい、だれが漏らしたのかしら？　私の涙が罪を暴露した。しょげ返った私が、いつもいっしょのイヴリーズにこっそり打ち明けたことを白状した。だれもが理解した。イヴリーズがそのニュースをリーズに伝え、独り占めするには美味しすぎると判断したリーズがデュブシャージュの同僚たちと話を分かち合い、そこから、ニュースがラ・ポワント中に広まったのだ。ここで言っておかねばならないのは、父も母も私に手ひとつ上げなかったことだ。罰もなし、手荒く扱われることも一切なし。そのために私の恥ずかしさと屈辱感は倍加された。いっそ父が革のベルトをはずして、サンドリノにするように私にもお仕置きをしてくれたほうがよかった。両親は私にいつもの、耳にタコができている話をくり返した。私たちは八方から常にねらわれているのだ。離婚。悲嘆。病気。家計の逼迫。学業不振。かりに、そんなことはないだろうが、かりにそういった事件が起きたとしても、決して表沙汰にしてはならない、なぜなら、おまえも現に見たように、敵は常に、私たちの不幸を利用しようと鵜の目鷹の目で待ち構えているのだから。お馴染みのライトモチーフ。どうしておまえのような頭のいい娘がそんなこともわからないの？　なぜ、素直にわかろうとしないの？

エミリアへの思いやりのことばを耳にすることは一度もなかった。ジョリとの結婚が悲しい結末をたどった理由をついに私は知らずじまい。実際、そんなことはだれも気に留めなかったのだ。非はエミリアにある。テルチュリアン家の跡取り息子との結婚が失敗したことで、両親の箔が落ちた。そのために、私たち家族が周囲に張りめぐらせたつもりの高慢という壁に大きな穴が開いたのだから。そんなわけで、彼女に同情する者はだれもいなかったのである。

真っ正面からまる見えで

母はマリー・ガラントの従弟とだけは親戚づきあいを続けていた。二十歳年下のその従弟はセラファンという、天使みたいな名前で呼ばれていた。ずんぐりした青年は無口で、なにかにつけてまごつくところがひどく田舎臭かった。口から出るフランス語はクレオール訛りまる出し、冠詞と所有形容詞の使い分けもできていなかった。父からいつも古着を払い下げてもらい、日曜の食事にやってくるときは、底を付け替えた靴に擦り切れた衿とカフスのワイシャツという出で立ちで、私たちはどこかで見たことがあるなと思ったものだ。母の誕生日には決まってピンクのバラの花束を持ってあらわれた。律儀にも、母のことを恩人だと思っていたのだ。失礼にならないようにとやたら気を使う青年を、兄や姉はさんざん笑いものにした。日曜の正餐のとき、母がお代わりをすすめるたびに、かならず首を横に振って丁重に辞退したからだ。

「メルシ、クズィン・ジャンヌ、もうたくさんいただきましたから！」

私はその青年が好きだった。ちょっとだけ可哀想だと思ったのかもしれない。わざわざ話相手をする人もいなかったから、食事の準備を待つあいだその青年は私の部屋に避難してきて、竹を削った笛やアボカドの種で作った牛車といったお土産をポケットから取り出した。一度などライチの種をくり抜きニスを塗って長キセルまで作ってくれた。私がマリー・ガラントに熱をあげるようになったきっかけは、この青年が作ったのは間違いない。父親がサン・ルイで木工職人をやっていることや、切った木の匂いが立ちこめるなかで削ったばかりの鉋屑《かんなくず》が拳のまわりにくるくると輪を描いていくようすを、微に入り細に入り語ってくれた。髭の生えた山羊が下草《ラズィエ》のあいだを跳びまわるようす、目がくらむほど切り立った絶壁にポッカリ空いた地獄のような洞窟と、見渡すかぎりの紺碧の海。私は母のことを聞いてみようと思ったけれど、止めた。彼はなにも知らなかった。青年が十七歳でその平らな島を出るとき、その両親は思い切った行動に出た。噂はさんざん聞いていたが一度も会ったことのない親類に、彼のことをよろしくと頼み込んだのだ。セラファンが模範的な郵便局員になり出世階段を上り詰めることになったのはもっぱら母のおかげで、母は好んでそのことを彼に思い出させた。

年毎に、私たちはセラファンが成長していくのをこの目で見、セラファンもまた私たちが大人になっていくのを見ていた。私は彼が奥さんをもらうところにも立ち会った。ある日曜日、セラファンが許嫁を連れてやってきた。その女性はマリー・ガラントの生まれではなく、グランド・テールのグラン・フォンの出身だった。セラファンにはお似合いの人で、肩のところで袖がふくらんだ暗紅色のドレスを着て、セラファンに負けず劣らずポッコリとお腹とお尻が出ていた。テーブルの真向かいに座ったサンドリノの、どんなことも見逃さないぞといった視線にさらされて、彼女はコチコチ、両親の態度にもすっかり恐れをなしていた。文法上の間違いをしないようにと食事のあいだは口を固く結んでいたのだ。アデリアの自慢料理であるケイパー入り牛タンのお代わりはどうかときかれたときなど、辞退する声が小さすぎて聞き取れなかったほどである。家族全員がさんざん議論した末に、彼女はこう呟いたのだと結論をくだした。

「サ・ム・スュフィ――もうたくさんです」

どこに行くにも両親のあとにくっついて歩いていた私は、セラファンとシャルロットの結婚式にも連れられていった。結婚式はアセニスマンと呼ばれる地区にあるサン・ジュール教会で執りおこなわれた。私はそのときまでヴィクトワール広場より遠くへ行ったことがなかったし、サルセルの田舎の家へ行くときも車に乗ってヴァタブル運河を渡ったから、下町へ足を踏み入れるのはそれが二度目だった。当時のアセニスマン地区はペンキの塗っていない粗末な木造の小屋が密集する奇妙なモザイク状の町で、ときおり石の上に載せただけの家があったり、広大な建築用地が広がっていたりで、そこにグランド・ホテルやグアドループ銀行、病院といった近代的な建物が建てばいいのにと住人たちは思っていた。木造りのファサードが風雨で色あせ、屋根が船底の形をしたサン・ジュール教会はとてもすてきに見えた。あばら家に取り囲まれているにもかかわらず、その教会は地味ながら、真摯な信仰に値する場所のように思えたのだ。教会にはユリ、チュベローズ、クチナシといった生花があふれ、高い丸天井からは筋交いに区切られたブラインドを透して陽の光がいっぱい射し込んでいた。セラファンとシャルロットの家族は、それぞれ総勢五十人を数える一族郎党が全員おかしいくらいにめかし込んでいた。でも私は、そのタフタやレースを笑うつもりは少しもなかった。まったく反対！　おなじ年代の子どもたちにぐんと親しみを感じたのだ。熱い鏝《こて》と白ワセリンを使って髪をクルッとカールさせ、ピカピカ光る安物サテンのドレスにエナメルのハイヒールをはいた少女たちは得意満面。私もその仲間に入りたかった。結婚式が終わったらすぐに式の列席者たちを乗せて、グラン・フォンまで運んでいく貸し切りバスに、私も乗り込みたかった。山盛りになったご馳走が目に浮かんだ。ブーダン（ブラッドソーセージ）、山羊のカレー、イカ、巻き貝《ランビ》、あふれるラム酒、笑い、熱っぽくビギンを奏でるバンド、それにくらべたら、これまで私が体験した楽しみなどすっかり色あせて見えた。

結婚するとまもなくセラファンとシャルロットは姿を消した。母によると、セラファンがラ・ポワントからは遠い、グランド・テール北部に転勤になったとか。アンス・ベルトランかプチ・カナルあたりだと思う。数年間、ふたりから送られてきたかなりの枚数にのぼる写真に母は日付を書き込み、アルバムにならべた。彼らの子どもたちの写真だ。全員が男の子で、続けざまに次々と生まれていた。まず、腹這いになった裸の赤ん坊の写真があり、それから、むっくりした脚で立つセーラー服姿の子どもたち。私たちがサルセルで過ごしていたある七月のこと、セラファンがサント・マリーの郵便局長になったことを知らせる手紙が届いた。これは良いニュース、と母は思った。サント・マリーはサルセルからわずか十五キロだ。当時のグアドループでは、だれかを訪ねるときに前もって知らせるようなことはしなかった。近縁だろうと遠縁だろうと、親しい友人だろうとただの知人だろうと、いきなり訪ねていって歓待されるのが当たり前だった。奇跡のように思えるけれど、いつもそうだったのだ。というわけで当然の成り行きとして、ある日曜日、ミサが終わると母はセラファンとシャルロットを訪ねてびっくりさせようと思いついた。野菜や根菜類、ブルボンオレンジやフィグバナナ、トゲバンレイシといった果物類を詰めた籠がいくつもシトロエンに積み込まれた。わが家の小間使いカルメリアンがハンドルを握った。父は白内障で瞳孔に濁りが入ってしまい、もう運転を止めていたからだ。海沿いの数キロの道を進むのに一時間あまりかかった。曲がりくねったひどい道だ。不安になった母は速度計の針をじっとにらみ続けた。一四九三年にクリストファ・コロンブスの快速帆船が接岸していなければ、サント・マリーは地図の上でこれほど重要な土地にはならなかったはずだ。その出来事のために、記念公園などと名づけられたちっぽけな場所のまんなかに、われらが「発見者」の全身像が立っていた。セラファンとシャルロットは郵便局の真後ろの、まったく手入れのされていない家に住んでいた。自転車や使い物にならない道具類がぎゅう詰めになっていた。カルメリアンが何度もクラクションを鳴らし母が大声で叫んだが、ベランダに人が出てくる気配はない。そのうち母は意を決して家に入ることにし、その後ろに私はくっついていった。なかに入るとピンときた。なにかまずいことが起きている。散らかり放題の居間は想像を絶する汚れ方で、まさに豚小屋だ。どこの部屋からかうめき声が漏れてくる。重苦しい唸り声のあいまに、かすれた叫び声が混じっていた。まるで屠られる日を迎えた豚が、脚から吊されてバケツに血を垂らしているのではないか、と思ったほどだ。心配になった母が、だれにともなく叫んだ。

「だれかいるの?」

どこかの部屋からようやくセラファンが出てきた。肉屋のエプロンを腰に巻きつけ、ひげ面、長髪、むくんだ顔、以前より太っていた。母を見てびっくりし、唖然とした彼は泣き出すありさま。

「クズィン・ジャンヌ! クズィン・ジャンヌ!」

ちょうどそのとき、シャルロットが四人目の子どもを出産しようとしていたのである。

日曜のためにセラファンは助産婦の居場所を突きとめることができなかった。シャルロットは大量の出血で疲れ果て、いきむ力さえなくなっていた。メイドひとりの手だけを借りて、セラファンが苦心惨憺やってみたものの上手くいかない。私の母は、ご存じのように、取り乱すような人ではなかったから、一瞬のためらいも見せずにハンドバッグを置き、つ《カ》ば広帽《ブリーヌ》を脱ぎすて、セラファンを引っ張って寝室へ入っていった。私は居間に残り、自分はどうすればいいのかと考えた。古ぼけた書棚には本が何列もならんでいる。でも、こんなときに座って本なんか読みはじめていいのだろうか？　そのとき、笑い声が聞こえた。さらに、押し殺すようなひそひそ声。もう一方のドアを開けてみた。すると、背丈も身幅もギニアグラスの茂みほどしかない三人の子どもたちがベッドの上に立ち、隣室との仕切り壁に開けた小窓のような穴を前に押し合いへし合いしながら、身をよじるようにして笑っているではないか。私を見て三人はあわてて散った。そこへ近づき、私も彼らを真似て鼻先をその小窓にくっつけた。

それまで目隠しをして生きてきたこの私が、母からは月経のことも経血のこともなにひとつ話してもらっていなかった私が、赤ん坊はキャベツ畑からピンクやブルーのオーバーブラウスを着て出てくるわけじゃないと気づくためにイヴリーズのくだらないおしゃべりを当てにするしかなかった私が、この両の目で、真っ正面からもろに見える実物大の出産場面を見ていた。吐き気をもよおす臭いが鼻孔を直撃した。飛行船ほどもある巨大なシャルロットが大の字になってベッドに横たわっている。彼女のまんなかが水撒きホースみたいにパックリと口を開けて、血を流している。口からは、ひっきりなしに「アン・ムエ！ アン・ムエ！——助けて！ 助けて！」といううめき声が漏れ、そのあいまを縫って一定の間隔で背筋が凍るような叫び声が出ていた。これまた肉屋のエプロンを腰に巻いたメイドが泣きながら両手を突き出し、ベッドのまわりでおろおろしている。身体にタオルを巻きつけた母がみんなを押しのけ、有無を言わさぬ声で叫んだ。

「ウ・カイェ・プゼ・ア・プウェザン！——さあ、しっかりいきんで！」

母がクレオール語を話すのを耳にしたのはそれが初めてだった。ひどい悪臭にもかかわらず、血だらけの光景にもかかわらず、私はすさまじい恍惚感に襲われてその小窓に張りついた。三人の子どもたちが戻ってきて、その光景を見逃すまいと、私と場所を奪い合った。いまやシャルロットはひっきりなしに叫んでいた。赤ん坊の頭が出てくるのが見えた。

私は赤ん坊が出てくるところを見たのだ。素っ裸のままの、粘液と糞便にまみれた赤ん坊のまるごと全部をこの目で見たのである。最初の産声が聞こえてきたとき、セラファンが思わず叫んだ。

「アン・ティ・フィ！　メッシ・ボン・ディエ！――女の子だ！　ああ、ありがたい！」

それ以上耐えられなくなった私は、気を失ってゆっくりと床に倒れた。子どもたちが私の顔に、水差しから思いっきり水をかけて正気づかせてくれた。生まれたばかりの赤ん坊が揺りかごに眠り、産婦は絹のナイトガウンを着て、なにもかもが片づいて母と私がたがいに顔を見合わせたとき、母はため息混じりにこう言った。

「こんな旅になってしまって！　可哀想におまえはいったいどうしてたの？」

私はその辺にころがっていた小説を読んでいたふりをした。母がそんなことを信じるほどバカじゃないのはわかっていた。私はまだ青い顔をして声も弱々しく足元もふらふらしていた。母は即座に話題を変え、セラファンとシャルロットの家事のやり方を批判し出した。こんな汚いところ、見たことある？　事実、母が何年もかけてふたりに示してきたお手本はなんの役にも立っていなかった。サンドリノにことの顛末を話したとき、彼はその場に居合わせなかったことを地団駄踏んでくやしがった。今度ばかりは妹に出し抜かれたのだ。彼にはどうあがいても凌ぐことのできない、豊かな経験を私はしたのである。

その日生まれた赤ん坊はマリーズと名づけられた。私が名親として選ばれたのだ。

学校への道

たしか十三歳だったのではないだろうか。また「本国《メトロポール》」に滞在していたときで、戦争が終わって三度目か四度目のことだ。少しずつ、パリが世界の中心であることに納得できなくなっていた。きっちり決められた日課どおり過ごしてはいたものの、ラ・ポワントが恋しかった。青い港の向こうに大きく広がる空の青さが恋しかった。イヴリーズやクラスメートに会いたかったし、無性にヴィクトワール広場のサブリエの木陰をぶらつきたかった。それが私たちに許された唯一の気晴らしだったから。といっても、それも午後六時までで、両親によれば、それ以降は暗くなってなにが起きるかわからない、ヴァタブル運河の向こうからセックスに飢えた黒人男がやってきて、良家の娘に近づいて卑猥なことばや仕草で愚弄するかもしれないという。パリにいると、私のまわりに張りめぐらされた網を縫って男の子たちがこっそり届けてよこしたラブレターさえ恋しかった。

パリは私にとって陽の当たらない街、乾いた石に閉じ込められた街、地下鉄やバス路線が網の目のように入り組んだ街で、人は私のことを遠慮会釈なくこういう。

「あのちいさな黒い女の子、かわいいじゃない！」

いたたまれなくなったのは「黒い女の子」と言われたからではない。あの当時そんなことは日常茶飯事だった。たまらなかったのは声の調子だ。驚き。私がある驚きだったのだ。不快で野蛮だと白人が執拗に思い込む人種の、例外的存在。

その年は私の兄や姉が大学に入った年でもあったから、私はひとり娘をやることになった。とてもじゃないが私には演じきれない役だ。それは母の干渉を一身に引き受けることを意味したからである。私は、両親がアパートを借りていたドフィーヌ通りから目と鼻の先にあるリセ・フェヌロンに通っていた。一流だけれど厳格きわまりない学校で、いつものように、私は横柄な態度を見せて教師全員を敵にまわした。それでいて、それゆえにというべきだろうか、クラスメートのあいだでは首謀者の地位をえて友達には事欠かなかった。私たちはサンジェルマンとサンミシェルの二つの大通り、それにセーヌ川の淀んだ水とボナパルト通りに囲まれた四辺形の内部を、徒党を組んで歩きまわった。ジュリエット・グレコの思い出が漂うクラブ・タブの前で立ち止まったり、ユヌ書店で本をパラパラめくったり、トゥルノンのカフェテラスに仏教僧のようにどっかりと腰をおろしているリチャード・ライトを横目でちらちら眺めたりした。ライトの本はまだだれも読んでいなかった。でもサンドリノが私に、彼の政治的アンガージュマンと『ブラック・ボーイ』『アメリカの息子』『フィッシュベリー』といった小説について話してくれた。学年の授業がついに終わり、グアドループへ帰る日が目前に迫っていた。母は買えるものはすべて買い込んだ。父もまた、緑色にペンキを塗った大きな鉄のトランクに整然と荷物を詰めた。リセ・フェヌロンでは学期末のバカ騒ぎやお遊びは皆無。それでも、カリキュラムが終了して教室には軽やかな空気が広がり、心なしか陽気さも漂っていた。ある日、フランス語の教師がふと思いついた。

「マリーズ、あなたの故郷の本を紹介してよ」

マドモアゼル・ルマルシャンは私が素直に耳を傾けるただひとりの教師だった。彼女が十八世紀の哲学者について何度かおこなった授業が私のためだったのはわかっていた。この教師はコミュニストで、その写真が一面に載った「ユマニテ」紙をまわしあったものだ。

あちこちで耳にする共産主義イデオロギーがどんなものか、だれもきちんと理解していたわけではなかったけれど、それがリセ・フェヌロンが身をもって示しているブルジョワ的価値観とはまったく相容れないものであることを、私たちは見抜いていた。共産主義とその日刊紙「ユマニテ」に異端の臭いを嗅ぎ取っていたのだ。マドモアゼル・ルマルシャンは私が反抗的な態度をとる理由を察して、そのことを分析するチャンスを私にあたえようとしたのだと思う。自分の故郷について話すよう私に水を向けたのは、ただのお楽しみのためだけではなかった。彼女は私に対して、彼女の言い方を借りれば、心を抑圧しているものから自分を解放するきっかけをあたえようとしていたのだ。善意から出たその提案は、しかし、私を困惑のきわみに追いやった。考えてもみてほしい、まだ五〇年代も初頭のことなのだ。アンティール諸島のフランス語文学が花開くのは遠い先のことで、パトリック・シャモワゾーはまだ母親の子宮の奥で影も形もなく深い眠りについていたし、私はまだエメ・セゼールの名さえ耳にしたことがなかったのだ。故郷といったって、どんな作家の名をあげればいいの？　私はいつもの相談役サンドリノのところへ駆けつけた。サンドリノは変わり果てていた。だれも気づかないうちに、その命を奪うことになる結核に蝕まれていたのだ。恋人に片っ端から愛想をつかされ、アンシエンヌ・コメディ通りのエスカレーターのない建物の十階に、家具付きのみすぼらしい部屋を借りて独りで住んでいた。父が法学部の教室へなんとか連れ戻したいと思って仕送りを止めていたからだ。母からの秘かな送金で食うや食わずの生活をしていた。やつれ果て、ゼイゼイと息を切らし、力なく三本指でガタピシのタイプライターを叩いて打ちあげた原稿は、お決まりの文面といっしょに出版社から送り返されてきた。

「やつらは絶対に本心をいわない。俺の考えが恐いんだ」とサンドリノは息まいた。

当然ながらサンドリノもまたコミュニストだった。部屋の壁には口髭をたくわえたヨシフ・スターリンの写真が飾ってあった。サンドリノはモスクワで開かれた世界青年共産主義者大会にも参加し、クレムリンのドームや赤の広場、レーニン廟に対する熱狂的な賞賛の思いを抱いて帰国した。いつも通り、書いている小説を私に読ませてくれることはなかったので、四隅の擦り切れたフォルダーの背文字をかろうじて盗み見るしかなかった。それでもサンドリノは私のためにわざわざ笑顔を作り、兄らしく妹をなだめるような調子を取り戻した。家具の上といわず埃だらけの床上といわず乱雑に積みあげられた書籍のなかを、私たちは手当たり次第に探した。ジャック・ルーマン著『朝露の主たち』。ハイチのことを書いた本だ。ヴードゥーのことを説明しなければならない、となると、自分の知らないことを山のように話さなければならなくなる。エドリス・サンタマン著『神は笑った』、彼の最近の友人の書いた、これもハイチの本だ。ほとんど諦めかけたときにサンドリノがすごい宝物を掘りあてた。ジョゼフ・ゾベル著『黒人小屋通り』。マルティニックが舞台だ。でもマルティニックはグアドループの姉妹みたいな島。私はその『黒人小屋通り』を家に持ち帰り、小さな主人公ジョゼ・アッサンといっしょに閉じこもった。『黒人小屋通り』を読んだことがない人でも、この本を原作にしたユーザン・パルシーの映画『マルティニックの少年』なら観たことがあるはずだ。それはほかでもない、私の両親が極度に恐れていたあの「貧しい黒人《プティ・ネグル》」の物語だった。主人公はサトウキビのプランテーションで、餓えと窮乏の苦しみのなかで育った。母親が町の白人《ベケ》の家に住み込みで働いているあいだ、継ぎが当たって分厚くなった服を着てサトウキビを束ねて働く祖母マン・ティヌの犠牲的献身によって、彼は育てられる。そこから出て行くには教育しかない。さいわい彼は頭が良かった。必至で学業に励んだ彼は祖母が死んだまさにそのとき、市民階級としての地位を獲得しようとしていた。ジョベルが書いた最高の――と私が信じる――その小説の最後のページを読みながら、私はおいおいと泣いた。

「私の目にうつったのは真っ白なシーツに置かれた手だった。彼女の黒い両手、ふしくれだったどの指も、関節が強ばってひび割れ、そのひびには取り除けないほど深く泥が入り込んでいた。皮膚の硬化した指はひきつるように曲がり、摩滅した指先が分厚く堅い爪でさらに強化されて、ひづめほどの……」

こういった話はすべて、私にはとてもエキゾチックで超現実主義的なものだった。あっというまに私の肩には奴隷制度、奴隷貿易、植民地主義の抑圧、人間による人間の搾取、肌の色による偏見といった重荷がずっしりとのしかかってきた。サンドリノが何度か話してくれたことを除けば、だれも教えてくれなかったことだ。もちろん白人が黒人と混じり合わないことは知っていた。それでも、両親が言うように、その理由は彼らが愚かで底知れず無知だからだと思っていた。たとえば、母方の祖母エロディは白人の一家と縁があった。教会で私たちの席の二列先に座っていながら私たちのほうは見向きもしない人たち。これはあの人たちにとって、とても残念なことだわ！　だって彼らは、私の母のような、その世代の成功者と知り合いになるチャンスをみすみす逃しているのだから。そう思っていたのだ。プランテーションのような悲惨な世界はどれほど想像をたくましくしても理解できなかった。田舎のことで私がかろうじて語れるのは、学校が休みのときに一家で過ごしたサルセルのことくらいだ。あのころは静かだったバス・テールのその土地に、両親は、私たちが「気晴らしの家」と呼んでいた家をもっていた。その小ぎれいな敷地のまんなかを流れる川の名からサルセルという名がついていた。そこで何週間か、家族全員が——いつも、丁寧にまっすぐに伸ばした髪をヘアネットに包み、首のまわりにチョーカーを巻いて取り澄ましている母は別だったけれど——すっかり田舎者《ビタコ》になって暮らした。水道がなかったから、みんな水槽の隣で裸になって葉っぱで身体をこすった。地面に埋められた「トマ」という壺に用を足した。夜はオイルランプを灯した。父はズボンにするりと足を通し、カーキ色のざっくりしたシャツを着て頭にバクアハットをかぶり、大ナタを握った。でも、そんな武器ではギニアグラスを刈るのがせいぜいだったけれど。私たち子どもは、裸足で走りまわっていいというので有頂天だ。おまけに古い服をいいだけ汚してもボロボロにしても構わないという許しが出ていたから、黒イカコの実やピンクのグァバの実を求めて草むらを疾走した。青々としたサトウキビ畑まで、私たちを歓迎しているように思えた。ときどき、都会っ子の顔つきや正統フランス語に怖じ気づきながらも、サトウキビ刈りをして働いている人がおずおずとその茎を手渡してくれたので、私たちは歯で皮を思いっきり嚙み千切った。

それでも私はそんな体験をクラスで告白するのが恐かった。私とジョゼの世界を隔てる深淵を明らかにするのが恐かった。コミュニストのその教師の目から見た、クラスメート全員の目から見た、本物のアンティール諸島人は、私が知らない人間であることがうしろめたかったのだ。最初私は、アイデンティティなんて、好きか嫌いかに関係なく、似合うか似合わないかに関係なく、着なくちゃならない服みたいだ、そう思って抵抗した。それから外圧に負け、差し出された古着に袖を通した。

そして数週間後、呆気に取られて私の口元をながめるクラスメートを前に、私は輝かしいプレゼンテーションをやってのけた。それまでの数日、私のお腹はひどい空腹のためにふくらみ、グーグーと鳴りつづけた。脚はぐにゃりと曲がった。鼻には鼻汁がたまり、頭上のぼさぼさ髪は照りつける太陽のために赤茶けた。私はわがヒーローの妹か従妹ジョゼリータになり切っていた。そのとき初めて私はひとつの人生を貪り食った。そしてたちまち、それに味をしめるようになったのだ。

いまになってみれば、のちに私がやや大袈裟に「私の政治的アンガージュマン」と呼ぶようになったものは、どう見ても、可哀想なジョゼと自分を力づくで同一化したこの瞬間に生まれたのだと思わざるをえない。ジョゼフ・ゾベルを読んだことが、どんな理論的な文章よりも、私の目を大きく開いてくれたのだ。そのとき私は自分が属する環境はいかなるものも提供してくれないことを理解した。そして、その環境を嫌悪しはじめた。この環境のせいで、私は香りも匂いもいっさい失われた人間に、いっしょにぶらつく小さなフランス人のつまらないコピーになってしまったのだ。『黒い皮膚、白い仮面』そのものだった。フランツ・ファノンが書こうとしていたのは私のことだったのである。

森のヴァカンス

母の関節炎のためその年の気分転換はサルセルを避けて、グルベイルですることになった。そこのドレ・レ・バンの水がよく効くということだった。私はその計画に飛びついた。サルセルは何度も行っているうちに新味がなくなっていたからだ。くねくね曲がる細い小径も、蛭だらけの蛇行する川も知りつくしていたし、川のどの辺りにグァバやイカコがなっているか、毛の生えたマンゴー、アメリのマンゴー、ジュリのマンゴー、満腹マンゴー、リンゴ・マンゴー、接ぎ木マンゴーといったマンゴーの木にどんな実がなるかといったことも、とっくに調べはついていた。私がまだ小さかったころの遊び相手に、サンドリノ以外にも警備員の子で母親のいない三人の子どもがいた。大きくなってしまったいまでは、もう遊び方もすっかり忘れてしまったけれど。

グルベイルはバス・テールの南に位置している。ラ・ポワントからせいぜい六十キロか六十五キロの距離なのに、たどり着くまでに一日がかりだったのを覚えている。暁のミサから帰ってきた母が私を起こし、夜がまだ明けないうちに、籠やスーツケース、トランクなどを車に詰め込んで出発した。ホンモノの引っ越しだ！　サレ川を過ぎ、最初はたいして驚くこともなくドライブは続く。道は平らで気持ちがいい。地平線には空を背にして緑の円丘《モルヌ》が広がっている。眠たげな川に架かった橋。耳をピンと立てて跳ねまわる仔山羊。車の行く手には物憂げに鳴くコブ牛。カペステール——まだ「ベロー」と呼ばれる前のことだ——に入る寸前、いきなりあらわれた、マリアンマンの極彩色に塗られた奇妙きてれつなインド寺院が、私の眠気を一気に吹き飛ばした。これも、グアドループなんだろうか？

　そのうち風景が変わりはじめた。円丘がだんだん平らになっていった。キラキラ輝く長い葉をつけたバナナの木に取って代わってサトウキビ畑があらわれ、丘の中腹一面に続いていた。道の片側に滝の水があふれていた。空気はさわやかだ。曲がり角では、サント、テール・ドゥ・オ、テール・ドゥ・バが輪を描きながら青い海に漂う光景が一望に見渡せた。それをじっと見つめていた私は、それとは知らず直感的に、自分はこの世の楽園のかたすみに生まれたのだと感じたものだ。両親がグルベイルに借りておいた家はなんだかひどく慎ましい外観だった。母を嘆かせたのは、すぐにペンキを塗り直さねばならないことでも、ヴェランダが狭すぎることでも、シャワーから水が出ないことでもなく、トイレが庭の奥の小さなおぞましい穴蔵にすぎないことでも、台所の蛇口から水が漏れることもでなかった。それは、借家が一軒の店と隣り合っていたことだ。大きさは手の平ほどしかないくせに品数だけはやたら豊富な店で、たいていのものは買えた。クッキーやビスケットを焼くための小麦粉から、キャッサバの粉、鱈、灯油、テレピン油までそろっていて、とりわけ、地酒のホワイトラムのビンが近隣の飲んだくれたちを喜ばせていた。私たちは翌朝からそのことをさんざん思い知らされるはめになった。べろべろに酔っぱらった客がレジ係とやりあう声で目覚めることになったのである。つまりは、よくある話で、ヴァカンスを過ごそうとする世界中の旅行客同様、両親は偽の広告に見事にひっかかったのだ。広告の「すばらしい眺め」は壁を眺めることだったし、「海岸から五分」というキャッチフレーズも、実際に歩いてみると四十五分もかかった。当てが外れたことのなかで両親が最悪の事態と思ったのは、その狭苦しい四部屋のぼろ家のすぐ隣が酒屋だったために、自分たちが階級を格下げされたように感じたことである。自分たちがひどく恐れていた、貧しい黒人下層階級《プティ・ネグル》に舞い戻ったように思えたのだ。当時の厳格な社会的地理区分によれば、トロワ・リヴィエール、グルベイル、バス・テール地区はムラートに属していた。クレオール白人に属するサン・クロードとマトゥバでは、すでにインド系住民と領有争いが起きていた。私の両親が居を構えていたグランド・テールは、黒人が地歩を築いた土地で、政治の分野のみならず、あらゆる領域に黒人が進出しはじめていた。もと来た場所へ帰るよう、私たちが故意に圧力をかけられていたかどうか、幼い私にはわからなかった。でも完全に無視されていたのはわかった。両親はシトロエンC4を乗りまわした。母はやけに派手なチョーカーを首にきっちりと巻き、父はラ・ポワントで絶大な威力を発揮するレジオン・ドヌール勲章のリボンを胸につけていたにもかかわらず、だれひとりそれに注目する者はなかった。ミサが終わると教会前の広場で、みんなパラソルを高くかかげて握手を交わし、抱き合い、おしゃべりをする。私たちは、あいさつの声をかけ合うこともなく群衆のあいだをすり抜けた。夕暮れになると両親はよく優雅な格子窓に沿って散歩をしたけれど、その窓が彼らに向かって開かれることはなかった。散歩から帰るとふたりして、借家のみすぼらしいベランダに、蚊に刺されるまで座っていた。九時にはレモングラスのハーブティーを飲んで寝た。苛立ちを抑えきれなくなった母が、そんな事態にストイックに耐える父が止めるのも聴かず、家主のマダム・デュリメルに苦情を訴えはじめた。このマダム・デュリメルというのが、決まって昼食のまっさいちゅうに息子に手紙を届けさせるような人で、返ってきた手紙がまた、出した手紙に負けず劣らず火に油をそそぐ内容のものだった。手紙を通じたこのやりとりが滞在中ずっと続いた。二週間後、マダム・デュリメルは何ヵ所か修理することを承諾した。しかし、シャワーは水を流すことを執拗に拒みつづけ、しかたなく私たちは庭でバケツと盥を使ってなんとか身体を洗った。その家で家政婦として働いていたマリネラが父のワイシャツの胸に熱しすぎたアイロンを置いたとき、事態は最悪の展開を見せた。母がその代償に賃金を削ると告げると、マリネラはその場で母にエプロンを手渡し、マダム・デュリメルに付き添われて母に罵詈雑言を投げつけるために戻ってきたのが、またしても食事中。母の前に出るとだれもがぺこぺこしていたラ・ポワントでは、とうてい考えられないことだった。

私はグルベイルが気に入っていた。やっと、だれでもない人間になれたからだ。だれも私を知らないし、私のことなど見向きもしない。その気になれば裸足で通りを走ることだってできた。週に三回、父が『モンテ・クリスト伯』を読み直しているあいだに、母は私を連れてドレ・レ・バンの水に浸かるために坂道を歩いて登った。ふだんならうんざりする日課がここでは魅力的なものに変貌した。つい最近閉館したグランド・ホテルが、『眠りの森の美女』のお城のような雰囲気のなかにひっそりと建っていた。それは緑色のペンキを塗った巨大な木造建築物で、そのまわりを二つのバルコニーが取り囲んでいた。一度だけ、私は建物の内部に滑り込むことに成功し、両面ミラー、縁のほつれた絨毯、白蟻に半分食われたクールバリの木の重厚な家具を見つけた。母のはるか後ろを追いかけながら、着生植物に養分を吸い取られている木々の陰や腐食質の湿った匂いのなかを、ぶらぶらと、「愛の泉」などとやけに詩的な名前のついた泉までゆっくりと歩いた。母が慎重に両脚を水に浸しているあいだは、ワタノキとネムノキの作る天蓋の下でまた白昼夢に耽った。木の根元から弓形の支柱や松葉杖みたいに出っ張っている根っこに、足をいやというほどぶつけたものだ。コケやシダ類の絨毯に寝転がってうとうとしていると、心配のあまり必至で名を呼ぶ母の声にハッと目を覚ましたりした。隣家の双子、ジャンとジャネットとどんなふうに知り合ったのか、いまではもう思い出せない。彼らの一階建ての家はみるも粗末な造りだった。父親がグルベイル―バス・テール―サン・クロードを結ぶバス路線の運転手をしていて、兵隊あがりみたいに荒っぽい運転をした。そのため両親は私たちの交流をあまり喜ばなかった。でも、私にはひとりも遊び相手がいなかったので、頻繁に行き来するのを妨げることができなかった。それでも、スフリエール山塊まで遠出したり細く連なるトラス・デ・ゼタン湖沼へ足を伸ばすのは禁じられて、私はふくれた。両親が私の生活を規制するそのやり方に、私はだんだん苛立ちはじめた。そんな私をなだめるために両親は、私が双子といっしょに、小教区教会が主催する午後の文芸の集いに行くのを許してくれた。

　プログラムはたいてい面白そうなものではなかった。エマヌエル・フラヴィア・レオポルドとヴァレンティン・コルバンとかいう人の詩の朗読で、ドレ・レ・バン讃歌と、さらに、モリエールの『病は気から』から一、二幕ほどだ。でも私は、ジャンとジャネットに挟まれ、ぼろぼろと崩れるケーキ《ドゥクン》を口いっぱいにほおばりながら第七天国にいるような至福にひたっていた。ホールは満員だった。父親、母親、兄弟、姉妹、叔父叔母など、一張羅を着込んだ面々がひしめきあって、家族の一員が演じる才能に惜しみない拍手をおくっていた。出し物を待つあいだ、観客たちは大声で笑いさざめき、冗談めいた野次を飛ばし合った。ついに幕があがった。あまったるい詩句が聞こえてきた。小学校で習った、そらで覚えている詩だ。

私は風に恋する島で生まれた
砂糖とシナモンの匂いに包まれて……

そこには同時に、にぎわいと心を軽くする雰囲気もあった。それとはまったく対照的な私の両親、彼らに欠けているもの、それがなんなのか、私はそのときはっきりとわかった。そこにいた女性たち、ムラート女性たちは肌の色が薄く、濃くて豊かな髪を見事なスタイルにまとめていたけれど、母より美しいわけではなかった。笑うとのぞく歯は光沢がなかったし、肌がビロードのようにすべすべしているわけでもない。服だってあまり上等とはいえない。宝石類にしてもそれほど立派でも凝ったものでもなかった。そこにいた男性たち、ムラートの男性たちにしても、私の父ほど自信たっぷりではなかった。それでも、彼らには私の両親にはないなにかがあった。自然さだ。それが両親にはなかった。ふたりは自分の心の奥深くに潜んでいるなにかを絶えまなく抑制し必至で支配しようとしていた、と言ってもいいかもしれない。わずかなきっかけでその支配をすり抜けて最悪の心理的打撃をあたえかねない、そんななにか。いったいそれは？　私はサンドリノがいったことばを思い出した。それまで意味がしっかり理解できずにいたことば。

「パパとママは疎外された者どうしなのさ」

私は問題の核心に触れる思いがした。

グルベイルでの滞在は六週間続いた。六週間の療法だったのだ。ラ・ポワントに帰ると母はこの経験を記憶の奥深く埋め込み、少しでもそれを思い出させるものに対して、ため息、ジェスチャー、あるいは、ひたすら首を振るだけで応じた。私にとってその体験はまったく逆に、イヴリーズに耳にタコができるほど語って聴かせるうちにどんどん謎めいてくる、尽きせぬお話の源泉になったのである。

自由を我等に？

十六歳になったお祝いに両親が自転車をプレゼントしてくれた。モトベカンヌの青いきれいな自転車で銀色の泥よけがついている、私は羽根が生えたような気分だった。

ドレ・レ・バンで過ごした日々のおかげで、私は生まれてこのかた閉じ込められてきた檻の扉を開け放ちたいと思うようになっていた。自分の故郷のことをまるきり知らない、ラ・ポワントにしてもごく限られた狭い地域のことしか知らない、と気づいたのだ。だんだんいうことをきかなくなってきた私をみて、両親は、この子にはもう少し息抜きが必要だと思ったのだろう。七十八歳の父は事実上、視力を失ったも同然だった。家のなかでは目に見えない糸に導かれるように動いていたけれど、いったん外に出ると視界が完全にぼやけてしまって、通りを渡ることもできず、家に帰る道すらわからなくなる。そんな父に母が手を焼いたため、父はサルセルへ避難した。父にとってはそこが唯一の心休まる場所だったからで、森の野人さながら何日も服も着替えず顔も洗わずに過ごしていた。母もまた、これまで通りというわけにはいかなかった。ひどい流感を患ってから頭髪がほとんど抜け落ちてしまい、頭にインクのように黒い、いかにも出来のわるいヘアピースをのせていたけれど、これが生え残った胡麻塩の髪とはっきり別物とわかるしろものだった。信仰心のほうは熱を帯びる一方で、それから一年足らずでサンドリノが死んでからはさらに拍車がかかった。暁のミサはもちろんのこと、大ミサ、読誦ミサ、歌ミサ、晩課、ロザリオの祈り、暗闇の聖務、十字架の道、聖母月も絶対に欠かさなかった。九日間《ノヴェナ》の祈りをし、贖罪のための苦行に断食をおこない、ロザリオの小玉をつまぐり、告解をし、聖体拝領を受けた。お勤めに気を取られていないときは決まって私と口論になる。ああでもない、こうでもないと、どうでもいいような些細なことで言い争いになった。なぜあれほどしょっちゅうけんかばかりしていたのか、いまとなってははっきり思い出せないけれど、ひとつだけ覚えているのは、最後のことばをピシャリと決めるのはいつも私だったことだ。母に向かって一刀両断、私が容赦ないことばを投げつけると、母はいつも決まって、目に涙をためてめそめそ言い出す。

「おまえって子は毒ヘビだよ！」

ああ！　十歳のときに感じた陶酔感はすでに跡形もなかった。日常茶飯事になりはてた母の涙など、私は気にも留めなくなっていた。私の幼児期は、両親に対してひそかな抵抗を試みる兄や姉がいたおかげで、燦々と陽があたっていた。ところが青春ときたら、まるで人生の終わりのような色合いを帯びていたのだ。私はたった独りで、老いたふたりの人間を前にして、その気持ちさえ察することができずにいた。家のなかはお通夜のような雰囲気だ。三階は閉め切られ、もうだれも住まないのだからと、扉や窓には釘が打ちつけられた。むかしテレーズが使っていた部屋、サンドリノの部屋。ガランとした部屋部屋を沈んだ気持ちでうろついた。棚にならんだ埃だらけの書籍をパラパラとめくった。衣装小部屋を開けると、まだ古い衣類が吊りさがったままだ。ベッド上のかぎ裂きだらけのマットレスに腰をおろす。まるで自分が失った人たちを思い出すために墓場をうろついてるみたいだ。ちょうどサンドリノがサルペトリエール病院に入院することを承諾したところだった。病状はそれほどひどくないと母は思い込んでいたけれど、あるいは、うすうす勘づいていたのかもしれない。フランスまで息子に会いに出かけていく気力と体力はすでにない、そう思うことが母の心を蝕んでいた。テレーズがこれまた、仕返しとばかりに、めったに手紙を寄こさず、たまに届く手紙も極端に短い。テレーズが結婚した相手はアフリカ人医学生で、国に帰れば著名な医者の息子である。ところが、あれほど名声にこだわりつづけた両親がその結婚に同意しなかったのだ。小さいころからテレーズがやることなすことすべてに両親は反対した。おまけにアフリカは遠すぎる、地球の反対側だ。母は、恩知らずだとかエゴイズムだとか言った。最初の孫娘アミナタの写真さえ、ピアノの上に飾ろうとしなかった。

十五歳のとき、私は鏡を見て自分がみにくいことを知った。泣きたいほどみにくかった。ひょろりとした棒のような身体のてっぺんに、むっつりと陰気な顔がのっている。半分眠ったような目。ろくに手入れをしない、豊かなとはいいがたい髪。幸運をたのむ前歯を見てもそのきざしはない。唯一の救いはビロードのような肌だ。でも、ニキビ面の男の子にアタックされたことはない。どんな男の子も振り向いてくれないのが悲しかった。ハンサムな男の子がいいと思いはじめていたからだ。ジルベール・ドゥリスコルはかっこいい髪形を決めた美男子に変身して、ガールフレンドをぞろぞろ引き連れてその辺を闊歩していた。イヴリーズが学校を辞めて父親の仕事を手伝い出してから、私は友達と崇拝者に飢えていた。私たちがめったに会わなくなったせいか、母は、イヴリーズには男ができたっていうから近いうちにお腹が大きくなるわよ、きっと、と陰口をたたいた。リセでは教師も生徒も、かつてないほど生意気になった私を恐れた。孤立した私は辛辣なことばの刃先を研ぎ澄まし、相手かまわず矢継ぎ早に投げつけた。一年早く、二度目のバカロレアを受験する準備をしていた私は、知性と意地のわるさが見事に合体した人間になっていたのだ。

ひとたびモトベカンヌを手に入れると、もうだれも要らなかった。自分の評判を気にすることも止めた。ひたすらペダルをこぐ日々。すぐにラ・ポワントの外へ冒険にくりだした。モルヌ・ア・ロでヴィユ・ブールの海岸沿いに低い湿地帯を発見。海水に半分浸ったマングローブ林に、真っ白な衣装に身を包んだ脚長の水鳥が棲みついていた。反対方向のバ・デュ・フォールにも自転車を飛ばした。すばらしい光景！　鑿で彫りつけたような石灰岩が切り立つ高い断崖と、金色に輝く砂。こんな光景は見たことがなかった。じつをいうと、私は海岸といってもヴィアールの岸しか見たことがなかったのだ。火山灰の積もった砂は洗い残した足の爪のように黒っぽかった。そこには長期休暇のあいだに三、四度滞在したけれど、母が仕立屋のジャンヌ・ルパンティルさんお手製のアンサンブルをはおっているのに、父ときたらズボン下姿で胸の白毛をさらけ出してなんとも下品だった。その季節だけ雇っていたプチ・ブール出身のメイドが、石を四つならべて起こした火でカレーを温めなおし、私たちは野生のアーモンドの木陰でピクニックをした。ときおり、土地の人がそっと近くまでようすを見に来て、そんな家族団欒の光景をもの珍しげに見ていった。私は目を大きく開いたまま砂の上に横になり、焼けつく太陽に顔をしかめながら何時間もじっとしていた。真っ青な海に入りたかったけれど、できなかった。もちろん、泳ぎはサンドリノから犬かきめいたやり方を教えてもらっていたが、水着がなかった。衣装ダンスに水着がお目見えするのはずっと後のことで、そのときはかつてのように「プチ・バト」のパンツだけで海に入るには大きくなりすぎていたのだ。バ・デュ・フォールへ行ってから自信をつけた私は、ゴズィエにも自転車を飛ばした。すでにヴァージニア・ウルフの『灯台へ』は読んでいた。もうお話を考え出すのは止めて、その代わり、手にしたものを片っ端から貪るように読んだ。というわけで、海岸から数百キロ先に碇をおろしたような小島をじっと見つめて、その島を夢と願望の交錯する文学的オブジェに変形した。苦労してサンタンヌまで出かけていったこともある。当時はまだ観光客が足しげく訪れることもない静かな村だった。海辺に、私はどさりと身を投げ出した。隣ではあぐらをかいた漁師たちが、私の見慣れぬ風貌などお構いなしに網を繕いながら冗談を飛ばしている。商をする女たちがテンチやクロカジキの串焼きを客にすすめている。タールのように真っ黒な子どもたちが素っ裸で泳いでいた。私はポカンと口を開けたまま眠ってしまい、目が覚めたときはすでにあたりに夕暮れが迫っていた。見まわすと砂浜には人気がなく、潮が高くなっていた。

いつものように、夜になる前にラ・ポワントに到着しようと道を急いだ。夜闇が迫るまでたった独りで外にいるなんて初めてだった。怖かった。曲がりくねった道が怖かった。いきなりギアブレッス（女悪魔）に変身する家々の影も、威嚇するような木々も、縁がギザギザにほつれた雲影も、とにかく怖かった。気も狂わんばかりに、膝をあごにぶつけながら、身体をハンドルと平行になるほど前のめりにしてペダルをこいだ。すると、どういうわけか、そのスピード感に私はクラクラッとなった。私は自由だった。そしてたちまちその自由を思いきり楽しむようになったのだ。それから一年も経たないうちに、二週間以上両親と離れたことのなかったこの私がグアドループを離れることになる。その予感には興奮と恐怖が入り混じっていた。いったい私はなにを学ぼうというのか？　自分の天職などまるで見当がつかなかった。教師たちは、エリート大学へ入る準備コース《イポカーニュ》予科へ進むものと頭から決めてかかっていた。ということは、またリセ・フェヌロンに戻るということだ。そんなの、ひとつの牢獄から別の牢獄へ移るだけじゃないか。そうはいっても、いままさに私が入れられようとしているその牢獄の向こうに、するりと抜けられそうな扉があることを私はうすうす感じていたのだ。息を切らしてアレクサンドル・イザー通りへ到着すると、案の定、母が居間で待ち構えていた。そして呪いのことばを発しはじめた。炎天下を走りまわる狂人みたいに、いったいどこを走りまわっていたの？　いまだってみっともないほど黒いのに、まだ足りないの？　まるでアフリカ《コンゴ》女みたいじゃないの。男を追いかけるんなら、時間の無駄よ！

　私は振り向きもせずに階段を昇り、自分の部屋に閉じこもった。母の小言はまだまだ続いた。しばらくすると息が切れたのか静かになり、今度は母がひどく苦労しながら階段を昇ってくる。私もいずれ受け継ぐことになる関節炎のせいで、身体がだんだんいうことをきかなくなっているのだ。家具にぶつかりながら、ベッドまでたどり着く音が聞こえた。海へ漕ぎ出た小舟のようにキーキーと軋るベッド。哀れみの膜で表面を固めた私の心の奥底から、母に対して感じている愛情が一気にあふれ出てきて、息が詰まりそうだった。私はノックもせずに――本当は禁止されていたのだけれど――母の部屋に入っていった。ベッドのまんなかに座った母は、夜中に息が苦しくなるからといって積みあげた枕に背をもたせかけていた。目の前には祈禱書が開かれている。ヘアピースを取っていたため、頭皮がところどころ剝き出しになっていた。母は年老いてたった独りだった。父は週初めからサルセルへ行っていない。たった独り、年老いて。私は幼いころのように、まだあらゆることが許された、どんなことも禁じられることのなかったあのころのように、母のベッドによじ登った。この胸に母を強く、強く抱き締めて、思い切りキスをあびせた。すると突然、私たちは、まるで申し合わせたようにわっと泣き出してしまった。なんのために？遠方で死にかけている愛するサンドリノのために。過ぎてしまった私の子ども時代のために。私たちが馴染んだひとつの生の形が終わるのを、ひとつの幸福が終わるのを惜しんで。

私は母の胸に手をすべらせていった。八人の子どもに乳をあたえ、いまはもうその役を終えて萎びた胸。その夜は、ずっとそのままいっしょにいた。母が私にぴったりと身を寄せ、私は母の脇腹のところに身をまるめて寄り添い、加齢とアルニカ軟膏の匂いのなかで、母の温もりに包まれて過ごした。

この抱擁こそ、母の思い出として私が記憶していたいものなのだ。

女性教師とマルグリット

一九五〇年代なかばの、ある年の九月四日、私はすでに秋の色にすっぽりと包まれたパリにいた。喜び勇んでいたわけでも悲しい気分でもなかった。無感動。以前からすでにお馴染みの感覚。

十日で海を横断するバナナ輸送船アレクサンドリアの甲板に足を踏み入れたとたん、私はそれまでの自分から変身しはじめた。私たちは勉学のためにフランスへ行く十二人ほどの男女入り混じった乗客だった。十六歳の私は最年少だったので、みんなから神童扱いされた。雰囲気はとても陰気。恋のお遊びもダンスもなく、冗談さえ言わない、それでみんなひどいホームシックにかかった。おまけに船内には気晴らしがまったくないのだ。午前中は海を見おろすデッキチェアにドサリと腰かけ、本を読んで時間をつぶした。昼食が終わるとそれぞれ個室に引きこもって昼寝、それが夕食まで延々と続く。その後は喫煙所に張りついてだらだらとブロットをやる。こんなに母が恋しくなるとは思ってもみなかった。W・H・オーデンの詩が言うように、母は「私の朝、私の昼、私の夕べ、私の乾季、私の雨季」だったのだ。母から離れると食欲さえ失せた。熱っぽい浅い眠りから目覚めたとき、母の胸にこの身を埋めていたならどんなにいいかと切なかった。毎日母に何枚も何枚も手紙を書いた。ここ数年自分が取ったわるい態度をどうか許してほしいと懇願し、どれほど母を愛しているかをくり返し書いた。ディエップに到着するとすぐに、十通の手紙をまとめてポストに放り込んだ。母からの返事はかなり経ってから届いた。それ以後も、送られてくる手紙は短く素っ気なかった。終わりの文句はいつも決まって「おまえのことを思っている母」だ。

このことでは、私はいまだに自分を慰めようとしてしまう。この驚くような無関心は多分、病気のせいだったのだろう。あれはきっと奇妙な病気のきざしだったのだ。ある朝、母はいきなりベッドで身動きできなくなり、それから数日間、昏々と眠りつづけたというのだから。

パリではムフタール通りのすぐ近くのロモン通りに住んだ。旧市街の中心部だ。私のお目付役となったテレーズが、おもにマルティニックの上流階級出身の若い娘が出入りする立派な学生寮に部屋を見つけてくれていた。金髪や褐色の髪の、ゆったりとした巻き毛やくるりとした巻き毛のムラート娘たち、緑、青、灰色と、さまざまな目の色をした肌の色《シャ》の薄い娘《ビンヌ》たちに囲まれて、私ひとりが黒い肌に縮れ毛たった。グアドループ出身者はほかにもふたりいて、そのひとりダニエルは肌の色がとても白く、ちょっと見た目には白人といっても通るくらいだ。もうひとりのジョスリンは、長い髪を肩のところで揺するヒンドゥーの王女様みたいだ。いずれにせよ、そんなことはどうでもよかった。自分はこの世でいちばんみっともない娘だと思い込んでいた私は、だれかと比較する気などもうとうなかった。それでも、ある非礼なことばには衝撃を受けた。私は肌の色こそ、サトウキビ刈り、サトウキビを束ねる女《アマリューズ》、漁師、物売り女、港湾労働者など貧しい黒人《プティ・ネグル》たちとおなじではあったけれど、まわりにいる肌の色の明るい娘なんかより、彼らからはるかに遠い人間だったからだ。少なくとも彼女たちは四六時中クレオール語を話したし、いきなりわっと笑い出したり、ビギンのリズムに合わせて恥ずかし気もなく腰を振った。どうも親から行儀作法をしっかり叩き込まれなかったらしい！　私の両親が田舎の伝統に対して抱いた侮蔑感を、彼女たちの両親はもたなかったみたいだ！　そんなことってあるのだろうか？　サンドリノは死んでしまったし、私には相談相手がいない。あれこれ思い悩む迷宮にはまり込んだ私は、むっつりと陰気な顔を決め込んだ。こんにちはも、こんばんはも、だれにも挨拶しなかった。夕食が終わるとすぐに、ピカソの複製画の架かった自分の部屋に閉じこもって「歓びの歌」や「ブランデンブルグ協奏曲」を聴いた。それでもすぐにジョスリンとは親しくなった。彼女もまたちょっと変わっていたからだ。父親が執政官をしていたダカールで生まれ育ったため、親の故郷のことをなにも知らなかった。アンティールの風俗習慣をひどく面白がって、ためらうことなく茶化しては笑い飛ばした。寮の同郷人たちに「レ・ベル・ドゥードゥー——ドゥードゥー嬢ちゃんたち」という渾名をつけ、あの娘たち、絶対にソルボンヌを夫探しの市場だと思ってるよと言い切った。ジョスリンは自分がだれより知的だと思っていた。私をのぞいて。そう言われるとわるい気はしなかった。ふたりしてジェラール・フィリップに熱をあげ、週末になると欠かさずTNP（国立民衆劇場）の出し物を観にいった。映画にもおなじように情熱を燃やした。彼女の美貌、確固たる自信、その立ち振る舞いが私にはうらやましかった。カフェのテラスに——彼女といっしょでなければ私はとても行けなかった——腰をおろしてシガレットホルダーをくわえ、マスカラをべったり塗ったきつい目もとでギャルソンたちを怖じ気づかせるジョスリン。

ラ・ポワントにいたときとおなじように、予期せぬ出来事が入り込む余地のまるでない暮らしだった。バスに乗ったことは一度もない。ロモン通りからリセ・フェヌロンまで、私は大股でカルチエ・ラタンを突っ切って歩いた。授業が終わり、「熱々の焼き栗」の入った円錐形の紙包みを持ってリュクサンブール公園のベンチに座っていると、母のことが思い出されて目に涙がにじんだ。暗くなるとまた、夕食の時間に間に合うよう寮までの路をたどり、笑いや叫声があふれるなんとも騒がしい食堂で、ゾンビのようにスープをすすった。

リセの、高等師範学校文科を受験する準備コース予科《イポカーニュ》はとても厳しかった。本一冊開くでなく、サント・ジュヌヴィエーヴ図書館に近づいたことすらない私は、すべてにおいてビリだった。授業ではあくびをかみ殺しながらギリシア語やラテン語をむなしく訳し、いやいやマルセル・プルーストの不眠症についてあれこれ考えたが、人生の鼓動はそんな退屈な温室のはるか彼方で鳴っていたのだ。世界は周辺部にあって、ぞくぞくするような震動を伝えていた。でも、どうやってそこへ続く道を見つければいいの？　教師たちはみなおなじように私の怠惰を放任した。彼らの態度が、ここはグアドループ出身のこんなちびが来るところじゃない、高等専門学校《グランゼコル》を受験するなんてもってのほかだと言っていた。フランス語のマダム・エペだけは違った。肉づきのいい身体を毛皮のマントにギュッと押し込むようにしたこのプラチナブロンド女は、私に目をとめるやあからさまな嫌悪感を見せた。私の無気力、無関心が彼女を苛立たせたのだ。私を苦しめるもっとも効果的な方法を彼女があれこれ考えている十月の末、新しい生徒がやってきた。マルグリット・ディオップという名の、セネガルのさる高官の娘である。背は低く私とどっこい。丸顔にいたずらっぽい目がきらきら光っている。ガリガリに痩せているためか、この寒さに恰好など気にしていられないとばかりにセーターを何枚も着込んでいたけれど、ちっとも太って見えなかった。こぼれる笑顔。休み時間になると校庭でアフリカの話をしてみんなを楽しませ、おばさんが大勢いて、そのひとりからのプレゼントだといって、お菓子を配った。彼女は活発で勉強もよくするすばらしい生徒だった。私とはまさに正反対。ふたりのそんな違いをマダム・エペはここぞとばかりに利用して、マルグリットと私を対抗させた。それからのフランス語の授業は、ひとりの飼育係が檻のなかの動物を陳列する動物園と化し、調教師が動物に芸当をさせるアリーナが出現した。とどめを刺すための口実として、ヴィヨン、デュ・ベレ、シャトーブリアン、ラマルティーヌ、あらゆるフランス文学が利用された。ときたま救援隊としてベニン王国時代の青銅像やモノモタパの壁画が引っぱり出されることもあった。マダム・エペは私にある役を割り振った。決まっていつもおなじ役。「新世界」へ運ばれたアフリカがどれほど堕落したかを身をもって証明する役だ。ひとたび海を渡れば、マルグリットが見事に体現している価値もすっかり色あせてしまう。朗らかさやユーモアは跡形もなし。知性や感受性は消え失せ、優雅さや気品はどこへやら。残っているのは頭の鈍さ、図々しさ、不機嫌に黙り込む陰気さだけ。マダム・エペは平然と私たちに次から次に質問をあびせ、おなじ作文をやらせ、クラスメートを証人にしながらふたりのパフォーマンスにコメントをつけた。たぶんそれとは知らずに、「民族意識を失ったアフリカ人」や「ズボンをはいたニガー」を笑いものにし誹謗中傷した宣教師や植民地統治者たちの長い列に加わっていたのだろう。ダカールのカトリック寄宿学校で教育を受けパリの最上級のリセに入学を許可されたマルグリットだって私より「純粋」なわけではないと認めようとしなかった。断っておかなければと思うのは、目前でくり広げられる犯罪行為にまったく気づかない三、四人は別として、ほかのクラスメートたちがそんな猿芝居に強い反感を感じていたことだ。フェヌロンではきわめてめずらしく、規則破り、無礼な言動、黒板のいたずら描き、といった行動で彼女たちはマダム・エペに対する反感を表現した。私には共感をはっきりと態度で示した。私のところへ、正餐への招待や週末を田舎の親戚の別荘で過ごさないかという誘いが殺到した。私は受けた。ところが、寮へ戻ってくるたびに、またしても才能ある黒人女性という役をやらされたな、と思うことになった。いいえ、私はサトウキビ畑からやってきたわけではありません。ええ、両親は名士です。ええ、家庭ではいつもフランス語で話していました。クラスメートたちは、私が攻撃者に対して反旗をひるがえし、反撃に出ることを望んでいた。母や兄の後ろ盾を奪われた私がまったくの無力だということを、彼女たちは理解していなかった。

四六時中反目させられていたマルグリットと私は、憎み合うライバルになってもよさそうなものだったけれど、そうはならなかった。私たちの正反対の性格をマダム・エペが逆に近づけたのだ。リュクサンブール公園に腰をおろし、着込んだセーターのなかで震えながら、マルグリットは私たちの議論を手で払いのけるようにしてこう言った。あなたのいうことはちょっと違う。マダム・エペはあなただけを狙い撃ちしているわけじゃないわ。あの人は私たちがたがいに憎み合うよう仕向けてくる人種差別主義者だよ。分割して統治せよ、植民地政策の常套手段だね。くだくだしくアフリカの長所をあげつらうのはまったくの偽善。アンティール諸島の人間が堕落しているなんていう愚論とおなじ侮辱よ。そう言うとマルグリットは博学の解説をいきなり中断し、サンミシェル大通りを足早に歩いている「いとこ」のシェイク・ハミドゥ・カーンを指差した。才能ある若い経済学者だ。さらにもうひとりの「いとこ」、エジプト人の真実についてすごい本を書いたばかりのシェイク・アンタ・ディオップ。かくして、黒人はすべて親類縁者なのだという考えに私の孤独は氷解した。マルグリットはセネガルの国会議員と結婚したおばさんの家によく私を招いてくれた。マルソー大通りの十二部屋のアパルトマンに、騒がしい子どもたち、訪問客、本物の親類、居候、そして高いハイヒールをはいて白鳥のような首をした女性たちがひしめいていた。いつ行っても夜といわず昼といわず米と魚の料理が食べられた。メイドがあまり丁寧に扱わないので縁が欠けてしまった、すごく高価な皿に盛りつけられて。彼女の「いとこ」のひとり、カミーユが私に恋をした。首ったけだ。背は低くてずんぐりしていたけれど、抜群の頭のよさで、将来は世界銀行の役職かと嘱望されていた。「四半世紀のうちにわが国は独立する」と彼は予言した。誤りだった。五年もしないうちに独立したのだ。きみが欲しいといわれ、口にキスされ、ちょっとだけ愛撫されるのはいい気分だった。でも、私はまだアフリカに対して心の準備ができていなかった。二学期の終わりころ、マルグリットが姿を消した。噂が広まり、じきにそれが本当のことだとわかった。セネガルに帰ったのだ。結婚するために。妊娠していて冬中身体を締めつける服を着ていたという。すかさず、私のことなどすっかり忘れたマダム・エペが、かつてのお気に入りに猛然と襲いかかった。くる日もくる日も授業でマルグリットのことを、彼女が属する無気力で知的野心のかけらもない人種の、あわれむべきシンボルに仕立ててあげたのだ。数年後に姿を見かけたマダム・エペは、ぶくぶくに太り、口に楊枝をくわえてサンダルを引きずって歩いていた。

私は劣等生の椅子に座りながら、また白昼夢にひたりはじめた。マルグリットが、私の大好きな古い版画のなかのセネガル女性の衣装を着ているところを空想した。野生の花が丈高く伸びた庭で、極彩色のクッションを背にして長椅子に身を横たえるマルグリット。頭には大きな青いヘッドスカーフを巻き、足には革ひもつきのアンクルブーツをはいて。タフタのブラウスの胸をはだけて、乳でふくらんだ乳房を自分の赤ん坊に差し出している。輝くばかりの豊満さがマダム・エペの毒舌をあざ笑っていた。と同時に私は、一通の手紙を待ち望んでいた。葉書一枚、ただのしるしでもいい、彼女が幸せに暮らしていることを確認できるものを。でも、マルグリットから手紙が来ることはついになかった。

オルネル、あるいは本物の人生

その年の学年末、私は大学受験準備コース予科《イポカーニュ》から追い払われた。私には願ってもないことだ。母はなにも言わなかったけれど、父からはこういうときの模範文のような手紙がきて、そこには私が父の名に傷をつけたとあった。家族のあいだで私のことが、あの娘は頭はいいけれどたいしたモノにはならないね——いずれ自分でもそれは認めることになるのだが——と噂され出したのはこのころだったように思う。

十一月に、まるで脱獄後ようやく地面に触れた囚人さながら私はなんとかソルボンヌに入学した。だれひとり顔見知りのいない満員の大教室に、晴れ晴れとした気持ちで紛れ込んだ。古典とは一蹴りでお別れ。ラテン語、ギリシア語、古フランス語、中期フランス語、すべてさよならだ。私は英文学を専攻した。こちらのほうがわずかながら黴臭さが少なかったからだ。そしてキーツ、バイロン、シェリーといった大詩人を発見した。彼らの詩を読んで私はうっとりとなった。

　この目に映るものは何か、あるいは白昼夢か？
　流れくるあの音楽。——私は目覚めているのか、眠っているのか？

キーツ「ナイチンゲールへの頌歌」

私はまた、ただ苦しみだけが芸術的創造において真に代償にあたいするのだと信じて、彼らの人生の悲惨な物語に夢中になった。新たに手に入れた自由のおかげで、ラ・ポワント出身の、いわば「初聖体のころからの」旧友たちと再会することができた。予科《イポカーニュ》の仲間は本科生《カニューズ》になっていたけれど、私を見捨てなかった。自分のことを「アカ」だと考えたがるフランソワーズが——ソルボンヌ大学教授の父親とおなじように——その受け売りの反植民地主義を延々と論じてみせた。私の誕生日に『帰郷ノート』を一冊プレゼントしてくれたほどだ。だがエメ・セゼールの詩風は、数年前にゾベルの明快な散文から受けたような革命的変化を私にもたらすことはなかった。最初に読んだとき、この本は私がアイドルとする英国詩人たちの作品とはくらべものにならない、とはなから決めてかかったものだ。それでも、カフェ・マイユのテラスで朗誦するフランソワーズの熱狂が次第に私にも伝染してきた。少しずつ、私は堰き止められていた自分の感情を外に出しはじめ、滝のように押し寄せるイメージに身をまかせるようになっていった。フランソワーズにくっついて、私はダントン通りの知識人サークル《ソシエテ・サヴァント》の集まりへ出かけていくようになった。そこではフランス人やアフリカ人のコミュニストたちが、ガストン・ドゥフェールが練りあげた、独立後の基本法となる新法について論じ合っていた。そんな無味乾燥な議論にはうんざりだった。発言者のひとりが、ギニアからきた労働組合活動家のセク・トゥーレだということさえ、そのときの私は知らなかった。

二ヵ月としないうちにまた振り出しに戻ってしまった。熱狂はかがり火《ブ　カ　ン》の草のようにめらめらと燃えあがり、急速に冷めた。英文学がすべてシェイクスピアやひいきとする三人の反逆的天才たちとおなじわけではなかったのだ。ジョン・ゴールズワージーの『フォーサイト家物語』やジェーン・オースティンの小説は、タキトゥスやプラトンよりもさらに憂鬱だ。それに、ここにもまた古英語だとか中英語なんてものがある。私はソルボンヌに別れを告げた。毎日なにをやっていたのか、いまとなってははっきり思い出せない。覚えているのはほとんどの時間をカフェ・マイユか本屋でつぶしていたことだけだ。ある意味で、これといって不自由はなかったけれど、陽気とは言い難かった。それとはほど遠い、感情的には砂漠の暮らし。姉のエミリアやテレーズとは、何年も離れていたため隔たりができて、私に対する姉たちの感情は冷めたものだった。彼女たちの目から見れば、私は歳を取った両親にさんざん甘やかされて育った末っ子にしか見えないのだ。それでも、神さまはちゃんと気にかけてくれたらしい。土曜日になると決まってエミリアのところで昼食をした。会話を避けるために、エミリアは私が食べているあいだ自室にこもってピアノの前に座る。その演奏はすばらしく、私は思わず涙ぐんだ。エミリアがコンサート・ピアニストになるのを夢見ていたのは知っていた。父は彼女に薬学を学ばせたが、その学業が終了することはついになかった。さよならのキスをする前に、エミリアは決まって私の手に数枚の紙幣を滑り込ませた。平均的な家族がゆうに食べていける金額である。そのたびに、これが私に対する無関心を詫びる彼女流のやり方なのだと思ったものだ。週末は四度に一度、サン・ドニのバジリカの陰にある、テレーズの風変わりなかわいいボロ家で過ごした。

私たちふたりには言い争いをする以外に語り合うことがなにもなかった。テレーズは小さな娘と夫のことで頭がいっぱいだったし、おまけに私はいつも彼女を苛立たせた。テレーズは私のことを自己中心的で優柔不断だと言う。私が横柄だと思ったのだろうが、私は内心、怖くてたまらなかったのだ。恋人もいなかった。恋愛関係に入る寸前までいった青年は、まるでトンビに油揚げをさらわれるように、ジョスリンの手中に落ちた。その挫折は自信を育てるたぐいのものではまるでなかった。

すぐに、孤独を道連れにするほうがずっといいことに気づいた。孤独という仲間といっしょに、レオノール・フィニ展、ベルナール・ビュッフェ展とどこへでも出かけた。ルイ・マルの映画を観るために仲良く列にならんだ。臆することなく街の大きなカフェレストランに入っていき、唖然とする客たちをしり目に私が皿の牡蠣を呑み込むのを、彼女はじっと待っていてくれた。旅行会社のパンフレットをめくりながらあれこれ比較し、この汽車の切符を買おう、と決めたときもそばについていてくれた。孤独といっしょに、私はイギリス、スペイン、ポルトガル、イタリア、ドイツとあちこち旅した。オーストリアのスキー場のゲレンデで脚の骨を折り、ヘリコプターで谷を降りたときもいっしょだった。

十七歳の誕生日を市立病院で祝ったときもふたり。自分ではごくふつうの虫垂炎じゃないかと思う症状で入院したのに、卵巣嚢腫の手術を受けることになったのだ。沈みきった表情の医師たちが私に告げた。治る見込みはない、母親になるチャンスはきわめて少ないと。のちに四人の子どもを産み落とすことになったのだけれど、そのときは、自分が子どもを産めなくなるんだ、この身体までが私を見捨てたんだ、と思っておいおいと泣いた。ところが、この入院期間がまたじつに楽しかったのである。ベッドを隣り合わせたマダム・リュセットというのが、ランビュトー通りで野菜や果物の露天商をやっている人で、私はまるで文字を覚えたばかりの子どもが初めて読む絵本のページをめくるように、彼女の話にうっとりと聴きほれた。これこそがホンモノの生活なんだ！　マダム・リュセットが、途切れることなくやってくる見舞客に私を自慢げに紹介するとき、私のフランス語に大喜びする人がいてもわるい気はしなかった。彼らを喜ばせるために、私はめいっぱい気取ってしゃべった。家族の写真を見せると、私の母がきれいだとみんなが褒めた。ところがひとたび退院すると、マダム・リュセットに対する私の友情も、第四区の路地裏の奥に住む彼女のあばら家に昼食に招かれた後まで続くことはなかった。出されたポトフはすごく美味しかったけれど、私はやっぱり両親の娘だったのである。

春になって、私とは大違いでせっせと歴史学の学士号取得に励んでいたグアドループ仲間のジェロームから「ルイス・カルロス・プレステスのサークル」のリーダー役をいっしょにやらないかと誘いがかかった。ルイス・カルロス・プレステスっていったいだれ？殉教者？　政治家？　文化的愛国主義者？　いまとなっては知るよしもない。私たちは夢中になって午後の文学集会、討論会、講演会を計画し、がぜん面白くなった私はその活動にのめり込んだ。グアドループの文化について自分で講演までやった。どんな反響があったのかは忘れてしまった。これは、当時の私は自分がまったく知らないテーマでも平気でしゃべっていたという証拠だ。「ルイス・カルロス・プレステスのサークル」は盛況だった。私は講演を依頼されたり雑誌に記事を書いてくれと頼まれた。「アンティール・カトリック学生ジャーナル」に発表した短編小説が賞をもらったことさえある。つまりは、大学の勉強はまったくといっていいほどダメだったにもかかわらず、私は学生のあいだで知的な名声をえていたことになる。その年は試験に失敗して惨憺たるもので、それを父が怒り、ヴァカンスにグアドループへ帰郷する旅費を出してもらえなかった。この決定はたしかにそれなりの理屈にかなってはいたが、恐ろしい結果をもたらすことになった。
生前の母と二度と会えなくなったのだ。

ある午後のサークル活動でハイチのことを討論することになった。大統領選挙でドクター・フランソワ・デュヴァリエなる人物が人気候補になっていた。ハイチで私が知っていることといえば、何年か前に帝国劇場《テアトル・ドゥ・ランピール》でパパとママのあいだに座って、すてき、と思いながら観たバレーのキャサリン・ダナムくらいのものだ。このフランソワという人物をみんなが非難する理由が私にはわからなかった。ちょっと顔が猿みたいだ。対抗馬の大部分は「プチブルジョワ」ムラートたちだから、それにくらべれば彼の肌の色のほうが私には親しみやすかった。私の教育は知らないうちに「ノワリスト」になっていたのである。「ルイス・カルロス・プレステスのサークル」としては後にも先にも、その午後ほど烈しい議論になったことはなかった。デュヴァリエを支持する者とそれに反対する者、つまり黒人学生とムラート学生が危うく殴り合いになるところまで行ったのだ。ジェロームと私はむなしく、激昂した学生たちをなんとかなだめようとしたが、私たちに事情がのみこめていたわけではない。そんな烈しい情熱を目の当たりにして、私はうらやましかった。

本当の国、独立した国に生まれてみたかったなあ——海外県なんて、ちっぽけな斑点みたいな土地にではなくて！　国の政権のためにたたかう！　大統領官邸があって、きらびやかに礼装した大統領がいる国に！　私はたちまち、政治学を学ぶジャックとアドリアンという、ふたりのハイチ人学生と親密になった。本当かどうかはわからないけど、ふたりは私に首ったけだと言った。とても物知りの彼らは、自分の国のことを知りつくしていた。歴史、宗教、経済、人種間の政治的緊張、文学、民衆絵画にいたるまで。ふたりとも勤勉家で本の虫、それを見ていると自分が怠け者であることが恥ずかしくなった。どちらかというと私は、えくぼのある突き出たあごと、靄のかかったような目をしたジャックのほうが好みだった。「ねえ、人生ってさ、ハイチの電話みたいだよ」といってジャックはため息をつくのだ。「ジャクメルを呼び出すだろ？　するとル・カップが出てくる。自分がほしいと思うものは絶対に手に入らない」。彼は私に現代文学をやったらいいとすすめてくれた。彼の考えでは、それが私にいちばん向いているというのだ。リシュリューの階段講堂へ私が戻るようにやさしく指導してくれたのは、このジャックだ。講堂ではマリ＝ジャンヌ・デュリがお得意の芝居を演じていた。でも、ジャックとアドリアンは、どちらもサンドリノの生まれ変わりみたいで、私の人生に再登場したふたりの兄たちといった感じが抜けなかった。私はどちらかに決めかねた。それに、彼らはそろってさんざん甘やかされた良家のお坊ちゃんで、マナーもよかったし、いっしょにいるとほっとするし、おまけに着ているダッフルコートまでおなじだった。混乱し、すでに烈しい情熱に突き動かされていた私のある部分が、新奇なもの、未知のもの、本物の人生という危険を待ち望んでいたのだ、いやはや！ペションヴィルやケンスコフで送る人生なんて、退屈になるほど穏やかで曲がりくねった川みたいなものだと思っていたのである。ハイチの人たちを襲うことになる不幸など、そのときの私には予想することもできなかった。ジャックはカナダに亡命を余儀なくされ、アドリアンは家族もろとも「トントン・マクート」の最初の犠牲者になってしまうなんて。

ある晩のこと、別れがたい仲間のあとにくっついて、ムッシュルプランス通りに住んでいる、彼らの仲間の家まで行った。話が田舎の村の生活のことになり、私たちはオルネルの言うことにうやうやしく耳をかたむけた。彼は農業技師のムラートで、ハイチのアルティボニット谷の農民の窮乏を物語った。一瞬、彼は急に話題を変えて、ジャック＝ステファン・アレクシスの『やあ、太陽将軍』について私が書いた記事を褒めそやした。もしも、空の高みにいる神さまが雲を払って話しかけてくれていたなら、私はそれほど舞いあがったりしなかったかもしれない。こんなにハンサムで、こんなにすてきな男性が、私のような凡庸な人間に声をかけてくれるなんてあまりに思いがけないことだった。夕食をしに外に出ようとしたとき、興奮のあまり私は階段で蹴つまずく始末だ。かくしてオルネルは、ジャックとアドリアンの機先を制してしっかりと私の手を握ったのである。

母が長年にわたり私にそのご加護を祈るよう強いてきた守護天使は、このときその仕事をさぼっていた。あれほどお祈りをし、ロザリオの祈りやノヴェナを何度も何度もくり返してきたのだから、守護天使はせめて微かなしるしでもいいから私に警告をすべきだった。オルネルがそれからの私にとってどんな存在になるか、警告を発すべきだった。でも天使は、唖然として声も出なかったのだ。

光の縞が流れるサンミシェル大通りを、私たちは連れ立って歩いた。目をカッと開いた車が、何台も、大きな音をたててセーヌ川のほうへ走っていった。その夜、知らないうちに、私の孤独がさよならを言って私から離れていった。二年以上も誠実な道連れでいてくれたけれど、私にはもう彼女は必要なかった。本物の人生に出会ったのだから。数々の悲嘆と失敗と言語を絶する苦悩、そして遅まきながらやってきた幸せが長く連なる人生だ。彼女はキュジャ通りの角に立って力なく手を振っていた。なのにそれには目もくれず、恩知らずの私はめくるめく未来に向かって、闇雲に突き進んでいった。

さよならマリーズ、いつかまた――訳者あとがきに代えて

毎年秋になると世界のメディアをにぎわすノーベル文学賞の受賞者発表が、二〇一八年は見送りになった。原因は選考委員のセクハラ問題だ。そのときスウェーデンの市民団体が、即座に、一年かぎりの「ニュー・アカデミー文学賞」を創設、その受賞者がマリーズ・コンデだった。長く関節炎を患ってきたマリーズは病を押して車椅子で授賞式に参加した。それから七年が過ぎようとする今年四月二日、マリーズ・コンデは「数々の悲嘆と失敗と言語を絶する苦悩、そして遅まきながらやってきた幸せが長く連なる人生」と本書に記した生涯の幕を閉じた。享年九十歳。

少女時代を回想する作品

この本はその作家マリーズ・コンデが少女時代を回想して書いた作品である。原著の出版は一九九九年、六十五歳のときだ。

マリーズが生まれたのは一九三四年二月十一日、カリブ海小アンティール諸島に浮かぶグアドループである。当時はまだフランス領で、のちにフランス海外県となるグアドループの、成功した裕福な黒人家庭の末子として生まれている。家族ではクレオール語（西アフリカの言語とフランス語の混成語）を使わなかったこと、仮面をつけた人々が街を踊り歩くカーニヴァルのこと、親友イヴリーズのこと、散歩に行った公園で白人少女から受けた差別体験、乳母マボ・ジュリの死、あっけなく破れた初恋、ガールスカウトの惨憺たる遠出、親戚の家で目にした衝撃的なお産の場面など、少女マリーズの目に映り脳裏に焼きついたさまざまな光景が、この島の雰囲気が匂い立つような文章でつづられている。さらに、大学へ入るためにパリへ旅立ち、大学入試の準備期間と大学へ入学した直後の出来事が加わる。

回想記ではなく「回想して書いた作品」としたのはいささかわけがある。扉に引用されたプルーストのことばにもあるように、成人してから幼年期や青春期を回想して書くものは、記憶そのもののフィクション化にほかならない。意識的にであれ無意識にであれ、何を書き、何を書かないかを選択するのは書き手自身だからだ。「過去そのもの」と「過去という名のもとに思い出されるもの」は決定的に異なることを、この作家もまた強く認識しているのだ。そのことをまず確認しておきたい。まして、話は少女マリーズが生まれたときにまで遡る。本人が記憶しているのは当然、周囲の人から何度も聞かされて記憶のなかで上書きされた「お話」なのだから。

そう、この本はお話がいっぱいなのだ。

マリーズが生まれたとき母はすでに四十三歳、父は六十三歳。二十歳も年齢の離れた姉エミリアを筆頭に七人の姉と兄が（さらに異母兄が二人）いた。すぐ上の兄サンドリノの影響を受けて反抗的な態度をとるおませなおチビさんぶりには思わずクスリとなるが、なんといっても瞠目するのは、わずか十歳で母親のことを劇に描いて、四十五分も延々と一人芝居を演じる場面だ。誕生祝いの劇だったのに当の母親は途中で涙を浮かべて二階へあがってしまった。「真実を言ってはいけないのだ。絶対に。自分が愛する人には、絶対に」と気づいたときはすでに手遅れ。後にインタビューでも語っているように、これがマリーズ・コンデの作家としての出発点になったのだという。

この本に出てくるのは、フランスの植民地だったカリブ海諸島で生まれて、なんでもフランス式が最高なのだとして育てられた少女が、エメ・セゼールの『帰郷ノート』などを読んで、黒人であることの意味に目覚めていくころまでだ。その後どんな出来事が彼女を見舞い、どんな人生を切り開いて作家になったのか。最終章にある「数々の悲嘆と失敗と言語を絶する苦悩、そして遅まきながらやってきた幸せが長く連なる人生」を、本書の続編にあたる回想記『すっぴん人生 *La vie sans fards*』（二〇一二年）を頼りにたどってみよう。

それからどうなったの？

本書の最終章「オルネル、あるいは本物の人生」は、孤独だったマリーズが本物の恋に出会ってパリの街を意気揚々と歩く姿で終わる。ひとめぼれした相手はハイチ人のオルネル。ところがこの恋人は、マリーズが妊娠すると本国ハイチの政治情勢にかこつけて、あっけなく姿を消してしまうのだ。

一九五〇年代のことだからフランスでは妊娠中絶は違法だ。十六歳の少女マリー・クレールがレイプされて、違法中絶をして裁判にかけられ、弁護士やシモーヌ・ド・ボーヴォワールなどが支援団体を立ち上げて無罪判決を勝ち取ったボビニー裁判は七二年、中絶を合法とするヴェイユ法ができたのは七五年、まだまだ先の話である。

マリーズは五六年三月に男の子を出産してドゥニと名づける。その直後、マリーズ自身に結核の疑いが発見されて、赤ん坊を施設に預けて南仏のサナトリウムで療養を余儀なくされる。その間にグアドループの母は帰らぬ人となって……という悲劇的な出来事が『すっぴん人生』

には赤裸々に描かれ、息をつかせぬ思いで読ませる。オルネルの名がジャン・ドミニクに変わっているが、ジャン・ドミニクとは一九三〇年生まれの実在の人物で、ハイチで有名なジャーナリストとなった人だ。マリーズと出会ったころはパリで農学を学んでいたようだが、二〇〇〇年に暗殺されてしまう。

パリでやむなくシングルマザーとなったマリーズは、その後、ギニア出身の俳優ママドゥ・コンデと知り合い、五八年八月に結婚する。オデオン座でジャン・ジュネ作『黒人たち』に出演した俳優である。こういった経緯が『すっぴん人生』の第一章で克明に明かされる。「ひどい結婚でも独身でいるよりはマシ」という章タイトルが胸を撃つ。グアドループの諺だそうだ。いまから見れば、信じられない、と衝撃的に思えるかもしれないけれど、これは当時の価値観をそのまま反映しているのだ。あの時代の空気を吸って大人になった訳者には、その背後に横たわる具体的な意味が嫌というほど理解できて、この章タイトルを目にするたびに複雑な気持ちになる。

本書に出てくる話はマリーズの二十代前半までである。グアドループで育った少女期は、なんでもフランス式が最高で、多くの黒人たちが母語とするクレオール語も家では禁止されて、カーニヴァルに参加することなどもってのほかだった。本書にはこっそり家を抜け出して浮かれ気分で家に帰った兄サンドリノが、父親からこっぴどくお仕置きをされる場面がある。そのサンドリノが「疎外された人たち」と喝破する両親の価値観から遠く離れて、パリでエメ・セゼールやフランツ・ファノンの著作に出会ったマリーズが、みずからのアイデンティティに目覚めていく場面がドラマチックだ。「アフリカ」がマリーズにとってがぜん輝きを放ちはじめるのだ。

そして一九五九年、マリーズは「憧れの」アフリカへ渡る。

ヨーロッパ人が「新天地」と呼んで植民地化したアメリカス（南北アメリカ）へ連行され、そこで奴隷労働を強制されてきた人たちにとっては、はるか彼方の「故郷」として、天国にも似た憧れを抱いたところ――それがアフリカだった。マリーズはまずフランス語の補助教師としてコートジボワールへ向かう。ここで一年を過ごして、翌六〇年にギニアで夫と合流し、この地のマンディンゴ（マリンケ）文化に深く魅せられる。ギニアは五八年に独立したばかり。初めは大統領セク・トゥーレを賞賛していた彼女も、すぐに独裁的で抑圧的な政治体制に気づく。友人知人の何人かが逮捕拘禁されたりしたのだ。ママドゥとのあいだに、六〇年にシルヴィ・アン、翌年にアイチャ、六三年にレイラ、と三人の娘が生まれる。この出産をめぐるエピソードがなかなかすごい。それでも自分が授乳して育てなかったのは末子のレイラだけだったと母としての自分を振り返りながら語っている。結婚生活は困難をきわめた。カリブ海出身でフランス本国で教育を受けてフランス語しか話さない女性は、アフリカの地方社会では「白人女か」と言われるほど異端視されたのだ。

六四年、マリーズ・コンデは四人の子供を連れてギニアからガーナに移り住む。六〇年に独立して世界中からアフリカ民族主義の花としてチヤホヤされたガーナだが、政情は不安定で、六六年に大統領クワメ・ンクルマが軍のクーデタで失脚する。当時ンクルマ思想教育学院でフランス語を教えていたマリーズもまた逮捕拘禁されてしまう。その当時の愛人だった辣腕弁護士の奔走ですぐに釈放されるものの、子供もろとも国外に追放される。

ガーナから渡ったロンドンで二年間、BBCの海外向けラジオ放送のプロデューサーをした後、ふたたびアフリカの土を踏む。今回の行き先はセネガルだ。ここでもフランス語の教師をする。ところがこの国の田舎町で決定的な出来事があった。終生のパートナーとなり、コンデの主要作品の英訳者となるユダヤ系イギリス人リチャード・フィルコックスと出会ったのだ。『すっぴん人生』が描くのはここまで。この本の英訳タイトル『わたしにとってアフリカとは何か? *What is Africa to Me?*』が、コンデの人生における「アフリカ」の意味と、苦闘に満ちた実人生をずばり言い当てている。

そして人生は続き、苦闘も続く

一九七〇年にマリーズは子供たちをギニアに残してパリに戻り、ソルボンヌ大学で学業を再開する。出版社「プレザンス・アフリケーヌ」で編集をしながら七五年、比較文学で博士号を取得。翌七六年に初の小説『ヘレマコノン *Heremakhonon*』（バンバラ語で「幸せを待ちながら」の意味）を発表し、精力的に作品を書きつづけ、次に発表したのが十九世紀末の西アフリカを舞台にした長篇『セグー *Ségou*』だった。これはマンデ系バンバラ語を母語とする王国に生きた一族の歴史物語で、一九八四年の「土の壁」と八五年の「崩れた大地」の二部構成だった。この長篇はベストセラーとなって多くの言語に翻訳されているが、残念ながら日本語訳はない。翻訳が待たれる作品である。

ほぼ二十年ぶりにグアドループへ帰郷したのはこのころだ。マサチューセッツ州セイラムで実際に起きた魔女裁判の資料を調べているとき、有罪となった女性のなかにバルバドス出身の奴隷がいたことを発見、その女性を主人公にして事件全体を語りなおした『わたしはティチューバ』が高く評価され、フランス女性文学大賞を受賞する。続いて翌八八年にはパナマ運河建設で一旗揚げた男の一族を描く『悪辣な生』（日本語訳は『生命の樹』）でアカデミー・フランセーズのアナイス・ニン賞を受賞。八〇年代半ばから米国各地の大学で本格的に教えるようになり、米国とグアドループを往復しながら、ニューヨークのコロンビア大学を拠点に精力的に作家活動を続ける。九五年の『移り住む心たち』（日本語訳は『風の巻く丘』）はエミリー・ブロンテの『嵐が丘』をカリブ海諸島を舞台にして大胆に書き換えた傑作だ。さらに九七年の『デジラーダ *Desirada*』でカルベ賞など数々の賞を受賞し、九八年に初来日。二〇〇三年にコロンビア大学を退任して、二月に三度目の来日をする。

コンデは作家活動のみならず、九二年にグアドループ独立を唱える政党から立候補したり、九八年にフランス政府主催の奴隷制廃止一五〇周年記念式典をボイコットするよう働きかけたり、現実の政治にも積極的にコミットした。そして〇四年には「奴隷制を記憶するための委員会」の委員長に就任。この「委員会」の活動が功を奏して〇六年、当時のシラク大統領が〈奴隷制廃止記念日〉を制定したことは特筆に値するだろう。

日本語訳のある作品を中心に書いてきたが、マリーズ・コンデはじつに多作で、一作一作が話題を呼んで多くの文学賞を受賞している。英語で書く米国の作家トニ・モリスン（一九三一―二〇一九）とほぼ同時代、同世代の作家であることは注目に値する。

アメリカ合州国オハイオ州で生まれたモリスンは国外へ移住することはなかったが、カリブ海の小さな島で生まれ育ったコンデは大西洋を往還しながら多くの土地に移り住み、移り住むことによって思想を養っていった作家である。とはいえ、マルティニック出身のエドゥアール・グリッサンやパトリック・シャモワゾーなどによって「普遍、全体」とか「クレオール性」といったキーワードで論じられる思想とは距離を置き、あくまで現実にカリブ海地域に住み暮らす人たちの姿を描き、とりわけ女性たちの暮らしの細部に光を当てる物語を紡いできた。物語性への強い傾斜はコンデが英詩、英文学、比較文学を学び研究し、教えたことと深く関係しているように思える。

そんな作家の自伝的作品の系譜として『すっぴん人生』の次に書かれたのが、〇六年に発表されてトロピック賞を受賞した『ヴィクトワール、味わいと言葉 *Victoire, les saveurs et les mots*』（未訳）、グアドループで初の女性教師となる娘（マリーズの母親）を、白人家庭に住み込んで料理の腕一本で育てた女性（本書には「エロディ」という名で登場する）の物語だ。これは奴隷制を引きずる社会でレイプは日常茶飯事、そんな「選べない誕生の条件」を生き延びる女たちの葛藤の物語でもある。

マリーズが生まれる前に他界した祖母の人生だからこれはもちろんフィクションで、コンデの自伝的物語の系譜としては虚構性がもっとも強い。ヴィクトワールとは「勝利」という意味だ。マリーズは母から、料理なんて奴隷のする仕事だと言われて、台所に入ることさえ疎んじられた。そのことへの反抗にとどまらず、文盲だったその祖母が創造性を発揮した料理という労働と文化を、世界史的に評価しなおし、この祖母に勝利の冠を被せたのだ。

『すっぴん人生』を発表した数年あとに、コンデは最後まで情熱をかけた「料理」と「旅」をめぐる回想記『料理と人生』を発表している。これが滅法おもしろい。マリーズ・コンデの研究者である訳者、大辻都さんが「訳書あとがき」で、パリから南フランスの風光明媚な村ゴルドへ移った晩年のコンデとフィルコックスの、瞠目すべき、素晴らしい二人三脚ぶりを詳しく書いている。


足跡は「アフリカン・ディアスポラ」の三角形とぴたり一致

こうして見てくると、マリーズ・コンデが大西洋を挟むようにしてたどった、グアドループ↓フランス↓コートジボワール、ギニア、ガーナ↓ロンドン↓セネガル↓パリ↓米国⇅グアドループという足跡は「アフリカン・ディアスポラ」の三角形とぴたり一致することがわかる。

ここでふたたび想起されるのは、十六世紀以降三百年ものあいだ続いた奴隷貿易と、西アフリカから新世界アメリカスへ強制連行された膨大な数にのぼるアフリカ人、さらにその子孫としてアフリカン・アメリカンと呼ばれるようになった人たちの歴史と文化、その独自の思想である。

注意しておきたいのは「アフリカン・アメリカン」という語の意味合いだ。この語はもちろん英語をカタカナに置き換えた表現だが、本来は南北アメリカに渡ったアフリカ人全体を意味していた。ところが日本では、第二次世界大戦後、戦勝国であるアメリカという大国から質量ともに圧倒的な勢いで押し寄せる情報のためか、ややもすると「米国の黒人」という意味に狭めて使われがちだった。だが、その集団的経験、記憶、歴史を米国だけに限って考えるのは完全な視野狭窄と言えるだろう。

奴隷貿易によって連行された人々のうち北米へ渡ったのはわずか五パーセントにすぎない。大部分はカリブ海地域や南米（ブラジルはとりわけ多い）のサトウキビやコーヒーを大規模に栽培するプランテーションの労働に従事させられたのだ。そこで育まれた文化を、言語、国境、人種といった境界を越えてひとつの文化と見る視点が必要なのだろう。そんな広い視野から歴史を見渡す好書が、シドニー・ミンツ著、藤本和子編訳の秀逸な聞き書き『アフリカン・アメリカン文化の誕生』（二〇〇〇年）である。

歴史体験をめぐる集団的記憶については本書の「歴史のレッスン」にも出てくるが、コンデ自身も「わたしにとってプランテーション・システムこそ、すべてを生み出した母胎となった」と講演集『越境するクレオール』（二〇〇一年）で語っている。パリで学生になって初めてマルティニック出身のエメ・セゼールや、セネガル出身のレオポール・セダール・サンゴールなどのネグリチュード思想に出会い、それに触発されてアフリカへ渡り、足かけ十二年にわたる苦闘に満ちた生活体験によって、その結果としてのひとつの断念とかけがえのない出会いを体験し、その「断念」によって作家としての基盤を形成したのがマリーズ・コンデだった。

北米の黒人たちが長いあいだ「憧れと幻想のないまぜになった故郷」と思い続けたアフリカの現実を、早々と身をもって体験し、それを契機に奴隷貿易の中間航路をたどり直し、移動することで彼女の思想は形成された。言ってみれば、コンデの旅は最初から帰還する場所のない旅だったのだ。それは一枚岩ではない「アフリカ」へ人生そのものを託したアプローチであり、民族を超えて、国境を超えて、言語を超えて、書くことで故郷を創造する旅でもあった。この思想的変遷のことは前掲の講演集に詳しい。

考えてみれば、集団としての経験と記憶に深くこだわりながら書いたトニ・モリスンなども、米国という枠組みを取り払って、もっと広い視野から見直される必要があるのかもしれない。米国の主要白人文学に織り込まれ利用された「黒さ」を徹底分析して、一九九三年に黒人女性作家として初めてノーベル文学賞を受賞したモリスン。その最初の小説名『青い眼がほしい』をコンデは本書でそのまま章タイトルにして思想的な接続の手を伸ばしている。ほかにも「自由を我等に?」はルネ・クレールの映画タイトルのもじりだし、W・H・オーデンの詩などは自己流に大胆にアレンジされている。こんなところに、なんでもバリバリと噛み砕いて大胆に血肉化する「言語のカニバリスト」としての片鱗をかいま見ることができるだろう。

クリエイティヴに引用されるオーデンの詩

ここで面白いエピソードをひとつ紹介しよう。

第十六章「女性教師とマルグリット」に引用されているW・H・オーデンの詩句、これがどうやら記憶をもとに作品内で創造されたものらしいのだ。パリでホームシックにかかったマリーズは恋しい母のことを……comme dit le poème d'Auden, «mon matin, mon midi, mon serein, mon carême et mon hivernage»（オーデンの詩が言うように、母は「私の朝、私の昼、私の夕べ、私の乾季、私の雨季」だったのだ）と回想する。

ところが、フィルコックスの英訳では、"my North, my South, my East and West, my working week and my Sunday rest" as W. H. Auden says in his poem, *Funeral Blues.*（W・H・オーデンが『哀悼のブルース』で「私の北、私の南、私の東と西、働く平日と休息の日曜」と言っているように）と、オーデンの原詩がタイトルも含めてそっくり引用されている。

コンデとは一度だけ会ったことがある。〇三年二月に来日したおりだった。日仏学院のカフェでコンデやフィルコックスと話していて、この引用のことが話題になった。オーデンの詩の引用が原詩と異なっていることについて訊ねると、コンデは不可解な表情を見せた。臨席していた英訳者フィルコックスがすかさず「オーデンの原詩では……」と説明を始めると、作家は「えぇっ！」と驚きの声をあげた。どうやら作家は自分の記憶を頼りに書いたようだ。この独自性あふれる押しの強さこそマリーズ・コンデの大きな特徴なのかもしれないと感じ入ったものである。フィルコックスの翻訳は彼の創作だとして、いちいち読んだりしないと聞いていたので驚きはしなかったけれど、日本語訳者は翻訳中、この箇所で悩みに悩んだ。最終的には原作者のテクストに忠実に訳すと決めて、コンデの独創的な「引用」に日本語訳をつけた。翻訳をする者としてなんとも興味深い経験だった。

訳者が黒人女性作家の小説や詩に衝撃を受け、いつかその作品を翻訳したいと思うようになったきっかけは、藤本和子が編集した七巻からなる「北米黒人女性作家選」(一九八一—八二年)との出会いだった。トニ・モリスンの『青い眼がほしい』、公民権運動を闘った人たちを描いたアリス・ウォーカーの『メリディアン』、詩人で劇作家のヌトザキ・シャンゲの『死ぬことを考えた黒い女たちのために』、文化人類学者ゾラ・ニール・ハーストンとルシール・クリフトンの『語りつぐ』、ミシェル・ウォレスの『強き性、お前の名は』、エリーズ・サザランドの『獅子よ、藁を食め』、メアリ・ヘレン・ワシントン編『真夜中の鳥たち』から成るこの選集は、日本語のなかに集団としてのアフリカン・アメリカンの作品群を、ある時代を切り取り投げ込んで、まったく新たな視野を開く仕事だった。各巻に津島佑子、森崎和江、石牟礼道子、矢島翠、ヤマグチフミコ(深沢夏衣)、堀場清子といった日本語で書く作家たちのエッセイが付され、より広く立体的な読書空間で作品群が響き合うよう工夫されていた。場所を日本に並行移動させながら、読者の視線を太平洋の向こうへ引き寄せ、環大西洋的な視点を獲得できる足場を準備しようとしていた。多くの作品には藤本自身の緻密な解説がついていた。この思想的先駆性に、当時の日本社会は追いつけなかった。ほぼ同時期に出版された藤本和子の北米黒人女性への聞き書き集『塩を食う女たち』や『ブルースだってただの唄』が、このところ相次いで復刊され、新たな読者と出会っている。ようやく時代が追いついたということだろうか。

そしていま、フランス語で書くアフリカン・ディアスポラの作家の作品を復刊し、そこに接続することの意味を考える。マリーズ・コンデは国境や言語によってバラバラになった人たちの共通体験を、環大西洋的な位置から、ポリフォニックなことばで物語ることができる作家だ。その立ち位置が、さまざまな理由で人々が未曾有の規模で移動し移り住む時代に人々の軌跡を照らし出す。マリーズ・コンデはそんな予兆を感じさせる作家である。

アフリカへ向かった英語圏作家のトラベローグと比較してみるといい。たとえば、セントキッツから幼いころ英国へ渡って作家になったキャリル・フィリップスが西アフリカと米国南部へ赴いて書いた『大西洋の音 *The Atlantic Sound*』(二〇〇〇年、未訳)、あるいは、最近邦訳紹介された米国のアフリカン・アメリカン文化の研究者、サイディヤ・ハートマンがガーナへ旅して書いた『母を失うこと 大西洋奴隷航路をたどる旅』(二〇〇六年)。コンデは一九五〇年代末という驚くほど早い時期に、人生そのものを賭けて西アフリカへ渡っていることがわかるだろう。

そんな作家マリーズ・コンデを形成する母胎となった原風景が、この十七章の薄い本にはぎっしり詰まっている。彼女の作品群を理解するための手がかりもたくさんある。それでいてあまくほろ苦い、心にしみるエピソードは、ひとりの人間が自分の少女時代をもう一度訪れるトラベローグとしてピュアに楽しめる。この作品は米国在住の作家がフランス語で書いたすぐれた作品にあたえられるマルグリット・ユルスナール賞を受賞した。

＊

本書は原著の出版が一九九九年、日本語への初訳は二〇〇二年だった。翻訳に使ったテキストは *Le cœur à rire et à pleurer, Contes vrais de mon enfance*（Robert Laffont, 1999）で、リチャード・フィルコックスの英訳版 *Tales from the Heart, True Stories From My Childhood*（Soho, 2001）を適宜参照した。訳しながら、日本語に書き換えることでこの作品がまた新たな枝、茎、根を日本語という土壌のなかに伸ばして繁茂していくことを夢想した。またコンデの母方の祖母が文盲だったと知って、やはり文盲ながら鋭い感性で「悪辣な」人生を生き抜いた訳者の母方の祖母ハナのことを思った。そして語る声をもたない世界中の女たちの長い歴史に思いを馳せた。

作業にあたってはさまざまな助けを借りた。グアドループ特有の動植物、料理、風習などについては英訳版にずいぶん助けられた。また、調べのつかないクレオール語等に関する質問に、お忙しいなか快く答えてくださった、当時お茶の水女子大学教授をなさっていた石塚道子氏に深く感謝したい。また、読むほどに新たな発見があった三浦信孝編訳の講演集『越境するクレオール』にも深謝。日本におけるコンデ研究の第一人者、大辻都さんの著書『渡りの文学』にも大いに助けられた。そして初訳の出版を引き受けてくださった青土社の元編集者、宮田仁さんのお名前を記して謝辞に代えたいと思う。最後に長く深い眠りについていたコンデの少女時代の回想記を、装いも新たにUブックスに入れてくださった白水社編集部の杉本貴美代さんにお礼を申しあげる。ありがとうございました。

二〇二四年　暑かった夏の終わりに

くぼたのぞみ

＊履歴の年代と内容は、フランソワーズ・パフとの対談集、大辻都著『渡りの文学』、マリーズ・コンデの自伝的物語『すっぴん人生』『ヴィクトワール、味わいと言葉』『料理と人生』などを参照した。

●日本語で読める翻訳作品

『生命の樹――あるカリブの家系の物語』管啓次郎訳、平凡社、一九九八年。平凡社ライブラリー、二〇一九年。

『わたしはティチューバ――セイラムの黒人魔女』風呂本惇子・西井のぶ子訳、新水社、一九九八年。

『越境するクレオール――マリーズ・コンデ講演集』三浦信孝編訳、岩波書店、二〇〇一年。

『心は泣いたり笑ったり――マリーズ・コンデの少女時代』くぼたのぞみ訳、青土社、二〇〇二年。白水Uブックス、白水社、二〇二四年。

『風の巻く丘』風呂本惇子・元木淳子・西井のぶ子訳、新水社、二〇〇八年。

『料理と人生』大辻都訳、左右社、二〇二三年。

●日本語で書かれたマリーズ・コンデ論

大辻都『渡りの文学――カリブ海のフランス語作家、マリーズ・コンデを読む』法政大学出版局、二〇一三年。

本文中、今日の人権意識に照らして不適切と思われる表現もありますが、
作品の時代背景を鑑み、原文を尊重する立場から、そのままとしました。

――編集部

著者略歴

マリーズ・コンデ（Maryse Condé）

1934年、カリブ海のフランス領（現海外県）グアドループ生まれ。16歳でパリへ渡り、ソルボンヌ大学で学ぶ。59年にアフリカへ。コートジボワール、ギニア、ガーナ、セネガルと12年におよぶアフリカ滞在の後、パリに戻り75年に比較文学で博士号取得。76年『ヘレマコノン』で小説家デビュー。以後、精力的に作品を発表。邦訳に『生命の樹――あるカリブの家系の物語』、『わたしはティチューバ――セイラムの黒人魔女』、『越境するクレオール――マリーズ・コンデ講演集』、『風の巻く丘』、『料理と人生』がある。本書でユルスナール賞、2018年にニュー・アカデミー文学賞、21年にチーノ・デル・ドゥーカ世界賞を受賞するなど、多数の文学賞を受賞。また、〈奴隷制を記憶するための委員会〉の委員長として当時のシラク大統領に働きかけ、06年に〈奴隷制廃止記念日〉が制定されるなど社会活動にも尽力した。24年4月2日逝去。同月15日にフランス国立図書館で追悼式典が開かれた。

訳者略歴

くぼたのぞみ（Nozomi Kubota）

1950年、北海道生まれ。翻訳家・詩人。80年代からアフリカ系／発の作家の作品を翻訳紹介。著書に『J・M・クッツェーと真実』（読売文学賞）『山羊と水葬』『鏡のなかのボードレール』『記憶のゆきを踏んで』、共著に『曇る眼鏡を拭きながら』。訳書にJ・M・クッツェー『ポーランドの人』『その国の奥で』『マイケル・K』『サマータイム、青年時代、少年時代――辺境からの三つの〈自伝〉』『鉄の時代』『少年時代の写真』『スペインの家』ほか、チママンダ・ンゴズィ・アディーチェ『半分のぼった黄色い太陽』『アメリカーナ』『なにかが首のまわりに』、サンドラ・シスネロス『マンゴー通り、ときどきさよなら』『サンアントニオの青い月』など多数。

本書は2002年に青土社より刊行された。

白水uブックス　256

心は泣いたり笑ったり　マリーズ・コンデの少女時代

著　者　マリーズ・コンデ
訳　者　© くぼたのぞみ
発行者　岩堀雅己
発行所　株式会社 白水社
東京都千代田区神田小川町 3-24
振替　00190-5-33228　〒101-0052
電話（03）3291-7811（営業部）
（03）3291-7821（編集部）
www.hakusuisha.co.jp

2024年11月10日　印刷
2024年12月5日　発行
本文印刷　株式会社精興社
表紙印刷　クリエイティブ弥那
製　　本　誠製本株式会社
Printed in Japan

ISBN978-4-560-07256-1

乱丁・落丁本は送料小社負担にてお取り替えいたします。